HEYNE <

J. R. Ward

VAMPIR SOHN

WILHELM HEYNE VERLAG
MÜNCHEN

Titel der amerikanischen Originalausgabe
STORY OF SON
Deutsche Übersetzung von Petra Hörburger und
Corinna Vierkant

MIX
Papier aus verantwortungsvollen Quellen
FSC® C014496

Verlagsgruppe Random House FSC-DEU-0100
Das für dieses Buch verwendete FSC®-zertifizierte Papier
Holmen Book Cream
liefert Holmen Paper, Hallstavik, Schweden.

2. Auflage
Deutsche Erstausgabe 02/2011
Redaktion: Natalja Schmidt

Printed in Germany 2011
Umschlaggestaltung: Nele Schütz Design, München
Satz: Buch-Werkstatt GmbH, Bad Aibling
Druck und Bindung: GGP Media GmbH, Pößneck

ISBN 978-3-453-52789-8

www.heyne-magische-bestseller.de

Für meine Familie:
all meine Bluts- und Wahlverwandten.

I

Claire Stroughton griff nach ihrem Coffee-to-go-Becher, ohne ihre Augen von dem Testament zu nehmen, das sie eben aufgesetzt hatte und nun schnell noch einmal durchsah.

»Ich hasse es, wenn du das machst.«

Claire warf ihrer Assistentin am anderen Ende des Büros einen Blick zu. »Was denn?«

»Wenn deine Hand wie eine wärmegesteuerte Rakete im Blindflug auf den Kaffee zuschießt.«

»Mein Kaffeebecher zieht meine Hand eben magnetisch an.«

Martha rückte ihre Designer-Brille auf der Nase zurecht. »Na dann ist es ja gut, dass das Ding einen Deckel hat. Übrigens, du wirst zu spät zu deinem 17-Uhr-Termin kommen, wenn du jetzt nicht gehst.«

Claire stand auf und zog sich ihre Kostümjacke an. »Wie spät ist es denn?«

»14 Uhr 29. Bei diesem Verkehr brauchst du für die Fahrt nach Caldwell mindestens zwei Stunden. Dein Wagen wartet unten. Und das Konferenzgespräch mit London beginnt in exakt sechzehn … fünfzehn Minuten. Gibt es irgendetwas, das ich vor dem langen Wochenende noch für dich erledigen soll?«

»Ich habe mir die überarbeiteten Fusionsdokumente für Technitron angesehen und bin damit nicht ganz zufrieden.« Claire reichte ihrer Assistentin einen Papierstapel hinüber, der dick genug war, um als Türstopper zu dienen. »Bitte schick diese Unterlagen gleich per Kurier an die Wall Street Nummer 50. Ich möchte mich Dienstagmorgen um 7 Uhr mit den gegnerischen Anwälten zu einer Besprechung treffen. Sie sollen zu uns kommen. Brauchst du noch etwas von mir, bevor ich gehe?«

»Nein, aber ich würde eines gerne wissen: Was für ein sadistischer Langweiler bestellt seine Anwältin zu einer Besprechung um 17 Uhr am Freitag vor dem Labor-Day-Wochenende?«

»Der Kunde ist eben König. Und ob sadistisch oder nicht, das ist Ansichtssache.« Claire packte das Testament in eine Dokumentenmappe und schnappte sich dann ihre Handtasche. Während sie sich noch einmal in ihrem geräumigen Büro umsah, überlegte sie kurz, welche Arbeit sie über das Wochenende erledigen wollte. »Was habe ich denn jetzt noch vergessen?«

»Deine Tablette.«

»Ja, richtig.« Claire nutzte den kleinen Rest Kaffee in ihrem Becher, um die letzte der Tabletten hinunterzuspülen, die sie die vergangenen zehn Tage hatte einnehmen müssen. Als sie die Tablettenverpackung in den Papierkorb warf, fiel ihr auf, dass sie eigentlich schon seit Sonntag nicht mehr niesen oder husten musste. Das Zeug hatte offensichtlich gewirkt.

Verdammte Flugzeuge, diese klimatisierten Bazillenschleudern!

»Begleitest du mich noch zum Lift?«

Claire gab Martha auf dem Weg zum Fahrstuhl noch ein paar letzte Anweisungen, während sie gleichzeitig einigen der etwas mehr als 200 Anwälte und Assistenten, die bei Williams, Nance & Stroughton arbeiteten, zum Abschied zuwinkte. Martha hielt mit ihr Schritt, obwohl sie noch immer den riesigen Papierstapel in den Armen hielt. Genau das schätzte Claire an ihrer Assistentin ganz besonders: Sie war immer zur Stelle, wenn sie gebraucht wurde.

Bei den Aufzügen angekommen, drückte Claire auf den Pfeil nach unten. »Okay, ich denke, das ist alles. Ich wünsche dir ein schönes Wochenende.«

»Danke, gleichfalls. Und gönn dir endlich mal eine Pause, okay?«

Claire betrat den mit Mahagoni vertäfelten Lift. »Geht nicht. Technitron steht am Dienstag an. Ich werde wohl den Großteil des Wochenendes hier verbringen.«

Vier Minuten später manövrierte sie ihren Mercedes im Schritttempo durch den dichten Verkehr von Manhattan und versuchte, möglichst schnell aus der Stadt zu gelangen. Elf Minuten später wurde sie mit London verbunden.

Das Konferenzgespräch dauerte 53 Minuten, und Claire war beinahe froh darüber, dass sie mehr oder weniger im Stau steckte, denn das virtuelle Meeting verlief nicht gut. Das war recht häufig der Fall. Fusionen und Übernahmen von Firmen im Wert von mehreren Milliarden Dollar waren nie einfach und nichts für schwache Nerven. Das hatte ihr schon ihr Vater beigebracht.

Dennoch war Claire erleichtert, als sie das Gespräch endlich beenden konnte und sich nur noch auf die Fahrt konzentrieren musste. Caldwell, New York, war nur ungefähr 150 Kilometer von der Innenstadt entfernt, aber Martha hatte Recht gehabt. Der Verkehr war höllisch. Offensichtlich versuchten alle gleichzeitig, dem Big Apple den Rücken zu kehren und die Stadt auf demselben Weg zu verlassen wie Claire.

Für gewöhnlich würde sie sich eigentlich gar nicht die Zeit nehmen, um einen Klienten zu Hause aufzusuchen, aber Ms Leeds war aus vielen Gründen ein Sonderfall, und zudem nicht in der Lage, einfach selbst im Büro vorbeizukommen. Wie alt war sie jetzt? Einundneunzig?

Oder vielleicht noch um einiges älter? Claires Vater hatte bereits eine halbe Ewigkeit als Anwalt für Ms Leeds gearbeitet, und nach seinem Tod vor zwei Jahren hatte Claire die Klientin von ihm übernommen – zusammen mit seinem Anteil am Familienunternehmen. Als sie seinen Platz am Tisch der Kanzleipartner übernahm, war sie die erste Frau in der Geschichte von Williams, Nance & Stroughton, die es bis in die Vorstandsetage geschafft hatte. Und diese Position hatte sie sich redlich verdient, ungeachtet dessen, was im Testament von Walter Stroughton gestanden hatte. Sie war eine hervorragende Anwältin für Fusionen und Übernahmen. Es gab kaum bessere.

Wie schon für Claires Vater war Ms Leeds ihre einzige Klientin im Bereich Treuhand- und Nachlassvermögen. Die alte Dame besaß dank Beteiligungen an verschiedenen Unternehmen, die allesamt von WN&S vertreten wurden, ein Vermögen von rund zweihundert Millionen Dollar. Diese Beteiligungen bildeten die Basis ihrer Geschäftsbeziehung. Ms Leeds hielt gerne an Altbewährtem fest, und ihre Familie zählte bereits seit Gründung der Kanzlei im Jahre 1911 zu deren Klienten. So war das also. Ein F&Ü-Rockstar verwaltete das T&N für eine SHA.

Oder in allgemein verständlicher Sprache ausgedrückt: Eine Spezialistin für Fusionen und Übernahmen kümmerte sich um das Treuhand- und Nachlassvermögen einer Seniorenheimanwärterin.

Und – unglaublich aber wahr – die Arbeit lohnte sich sogar. Das Testament und die darin genannten Stiftungen waren recht überschaubar, wenn man sich einmal damit vertraut gemacht hatte, und Ms Leeds war verglichen mit den meisten Firmenkunden sehr umgänglich. Die alte Dame war auch eine einträgliche Klientin, wenn es um ihr Testament ging. Sie nahm Änderungen an ihrem letzten Willen auf dieselbe Weise in Angriff wie manche Leute die Gartenarbeit, und bei einem Stundensatz von 650 Dollar bekam Claire dadurch mit der Zeit ein ganz nettes Honorar zusammen. Ms Leeds war ständig damit beschäftigt, den Teil ihres Vermögens, den sie wohltätigen Zwecken stiften wollte, zu verändern. Wie bei einer grünen Hecke stutzte sie Bereiche davon zurecht oder riss einfach alles aus und legte es ganz neu an, wenn sie wieder einmal ihre Meinung änderte.

Die letzten beiden Änderungen hatte Claire telefonisch abwickeln können. Daher konnte sie nicht gut ablehnen, als Ms Leeds sie diesmal um ein persönliches Treffen bei sich zu Hause bat.

Ein Treffen, das hoffentlich schnell wieder vorüber sein würde.

Claire hatte das Anwesen der Familie Leeds erst ein einziges Mal besucht, und zwar um sich nach dem Tod ihres Vaters persönlich vorzustellen. Der Besuch war ganz gut verlaufen. Ms Leeds hatte offensichtlich bereits Bilder von ihr gesehen und daraufhin ihre »damenhafte Haltung« gelobt.

Was eigentlich ein Witz war. Getreu der Maxime »Kleider machen Leute« war Claires Kleiderschrank voll von konservativen Kostümen mit Röcken, die ihre Knie verbargen. Aber die teuren Business-Outfits dienten nur als Fassade. Sie verfügte über denselben Geschäftssinn wie ihr Vater und hatte auch dessen Streitlust geerbt. Äußerlich mochte sie vielleicht von Kopf bis Fuß wie eine Dame aussehen, aber im Inneren war sie ein echter Killer.

Die meisten Leute erkannten ihren wahren Charakter etwa zwei Minuten nach der ersten Begegnung. Aber es war gar nicht schlecht, dass Ms Leeds sich diesbezüglich hatte täuschen lassen. Sie war eine Dame der alten Schule und gehörte einer Generation an, in der anständige Frauen überhaupt nicht gearbeitet hatten – und schon gar nicht als Staranwältinnen in Manhattan. Offen gesagt war Claire überrascht gewesen, dass Ms Leeds nach dem Tod von Claires Vater nicht zu einem der anderen Partner gewechselt war, aber im Wesentlichen kamen sie ganz gut miteinander aus. Bislang hatte ihre Beziehung nur einen kleinen Knick erhalten, als sie sich das erste Mal persönlich getroffen hatten und die alte Dame Claire gefragt hatte, ob sie verheiratet sei.

Claire war ganz bestimmt nicht verheiratet. Sie war es nicht und hatte auch nicht das geringste Interesse daran, es irgendwann mal zu sein. Nein, danke! Das Letzte, was sie gebrauchen konnte, war irgendein Typ, der darüber bestimmen wollte, wie lange sie im Büro bleiben konnte oder wie hart sie arbeiten sollte, oder wo sie wohnen würden oder was sie zu Abend essen sollten.

Eliza Leeds hingegen gehörte definitiv zu den Leuten, die eine Frau hauptsächlich über den Mann an ihrer Seite definierten. Daher hatte sich Claire schon auf etwas gefasst gemacht, als sie ihr erklärte, dass sie keinen Ehemann hatte.

Ms Leeds hatte zunächst etwas erschrocken gewirkt, sich aber rasch wieder gefangen und war dann schnell zu der Frage nach einem festen Freund übergegangen. Die Antwort war dieselbe. Claire hatte keinen Freund und wollte auch keinen, und nein, Haustiere auch nicht. Danach war es längere Zeit still gewesen. Aber dann hatte die Frau gelächelt, einen kurzen Kommentar aus der Richtung »Ach, wie sich die Dinge doch verändert haben« abgegeben, und dann wurde das Thema fallengelassen. Zumindest für den Moment.

Jedes Mal, wenn Ms Leeds im Büro anrief, fragte sie nach, ob Claire inzwischen einen netten Mann gefunden hatte. Das war ganz in Ordnung. Sie gehörte eben einer anderen Generation an. Und die alte Frau nahm die *Neins* gnädig hin – vielleicht weil sie selbst nie verheiratet gewesen war. Offensichtlich hatte sie eine nicht ausgelebte romantische Ader oder so etwas Ähnliches.

Wenn Claire ehrlich war, fand sie den ganzen Beziehungskram todlangweilig. Nein, sie war keine Männerhasserin. Und nein, die Ehe ihrer Eltern war nicht gescheitert. Tatsächlich hatte ihr Vater sie immer unterstützt. Sie hatte weder negative Erfahrungen mit Beziehungen gemacht, ein beeinträchtigtes Selbstwertgefühl oder irgendwelche Erkrankungen, noch war sie jemals Opfer eines Missbrauchs gewesen. Sie war klug, liebte ihre Arbeit, und sie war dankbar für das Leben, das sie führte. Heim und Herd waren einfach nicht ihr Ding. Fazit? Sie respektierte Frauen, die in ihrer Rolle als Ehefrau und Mutter aufgingen, beneidete diese aber nicht im mindesten um ihre Aufgaben. An Weihnachten war sie nicht zu Tode betrübt, nur weil sie alleine war. Sie brauchte auch keine Kindergeburtstage, Zeichnungen am Kühlschrank oder selbst gebastelte Geschenke, um ein erfülltes Leben zu führen. Und Valentinstag und Muttertag waren einfach nur zwei weitere Seiten im Kalender.

Dafür liebte sie den Kampf im Sitzungszimmer. Das Verhandeln. Die kniffeligen Details des Gesetzes. Das aufregende Gefühl, die Interessen eines Zehn-Milliarden-Dollar-Unternehmens zu vertreten – sei es bei der Übernahme einer anderen Firma, beim Veräußern von Aktivposten oder beim Feuern eines Geschäftsführers, der nicht genehmigte Personalausgaben im achtstelligen Bereich zu verantworten hatte.

All dies war es, was ihr Spaß machte, und da sie bereits mit Anfang dreißig in ihrem Job auf dem obersten Treppchen stand, hatte sie eine verdammt gute Position inne. Das einzige Problem, das sie hatte, waren Leute, die eine Frau wie sie nicht verstehen konnten. Was für eine Doppelmoral! Männer durften ihr ganzes Leben der Arbeit widmen und galten dann als attraktive Top-Manager und nicht als einsame alte Jungfern mit Intimitätsproblemen. Warum konnte für Frauen nicht dasselbe gelten?

Als die Spannbrücke von Caldwell endlich vor ihr auftauchte, wollte Claire nur noch das Treffen hinter sich bringen, anschließend zu ihrem Apartment in der Park Avenue fahren und mit den Vorbereitungen für den Technitron-Showdown am Dienstag beginnen. Mal sehen, vielleicht bliebe sogar genug Zeit, um nochmal ins Büro zurückzukehren.

Das Anwesen der Familie Leeds bestand aus einem vier Hektar großen Park, vier Wirtschaftsgebäuden und einer Mauer, die sicher nur mit einer Kletterausrüstung und dem durchtrainierten Körper eines Fitnesstrainers zu überwinden war. Das Herrenhaus war ein riesiger Steinkoloss auf einer Anhöhe, eine pompöse Zurschaustellung des Vermögens. Der Komplex war während der Zeit der Neugotik in den 1890er-Jahren erbaut worden. Für Claire sah es wie ein Domizil aus, in dem sich Vincent Price sicher wohlgefühlt hätte.

Sie fuhr die kreisförmige Auffahrt hinauf, parkte vor dem Eingang, der sie an das Portal einer Kathedrale erinnerte und schaltete ihr Handy auf Vibrationsalarm um. Sie nahm ihre Tasche und ging auf das Haus zu. Dabei kam ihr der Gedanke, dass ein Kreuz in der einen und ein Dolch in der anderen Hand auch nicht unpassend gewesen wären.

Oh Mann, wenn sie das ganze Geld der Familie Leeds besäße, würde sie in einer etwas weniger düsteren Umgebung leben und nicht in diesem Mausoleum.

Eine Seite der Doppeltür öffnete sich, bevor sie den Türklopfer in Form eines Löwenkopfes betätigen konnte. Der Butler der Familie Leeds, der vermutlich schon über hundert Jahre alt sein musste, verneigte sich.

»Guten Abend, Ms Stroughton! Darf ich fragen, ob Madame die Schlüssel im Wagen gelassen hat?«

Wie war nochmal sein Name … Fletcher? Ja, so hieß er. Und Ms Leeds mochte es, wenn man ihn mit seinem Namen ansprach. »Nein, Fletcher.«

»Vielleicht könnten Sie sie mir überlassen? Für den Fall, dass der Wagen umgeparkt werden muss.« Als sie daraufhin die Stirn runzelte, meinte er leise: »Ich fürchte, Ms Leeds geht es nicht sehr gut. Falls ein Krankenwagen kommen muss …«

»Tut mir leid, das zu hören. Ist sie krank oder …« Claire ließ den Satz unvollendet, als sie ihm ihre Schlüssel übergab.

»Sie ist sehr schwach. Kommen Sie bitte mit.«

Fletcher bewegte sich mit genau jener Art langsamer Würde, die man von einem Mann erwartete, der die formelle Uniform eines englischen Butlers trug. Und er passte wunderbar zur Inneneinrichtung. Das Haus war offenbar von Leuten eingerichtet worden, die auf eine lange Ahnenreihe des Geldadels zurückblicken konnten, und in den Räumen stapelten sich mehrere Schichten von Kunstwerken, die über Generationen hinweg gesammelt worden waren. Das unbezahlbare Sammelsurium an Gemälden, Skulpturen und Möbeln mochte zwar aus verschiedenen Epochen stammen, fügte sich aber dennoch auf wundersame Weise zu einer stimmigen Einheit zusammen. Aber was für ein Aufwand der Unterhalt dieses Museums sein musste! Das Abstauben der vielen Objekte war bestimmt vergleichbar mit dem Mähen von zehn Hektar Gras mit einem Schieberasenmäher – sobald man damit fertig war, musste man wieder von vorne beginnen.

Claire und Fletcher nahmen die massive, geschwungene Freitreppe in den ersten Stock und gingen dann den Gang entlang. Auf beiden Seiten hingen an mit roter Seide bespannten Wänden Porträts verschiedener Mitglieder der Familie Leeds, deren blasse Gesichter von den dunklen Leinwänden leuchteten, und deren zweidimensionale Augen die Besucherin mit Blicken zu verfolgen schienen. Es roch nach Möbelpolitur und altem Holz.

Am Ende des Ganges klopfte Fletcher an eine mit Schnitzereien verzierte Tür. Als eine leise Entgegnung zu hören war, machte er die Tür weit auf. Ms Leeds saß halb aufrecht in einem Bett vom Format eines Fußballfeldes. In diesem Ungetüm wirkte sie wie ein Kind und so zerbrechlich wie Glas. Überall, wo man hinblickte, war weiße Spitze zu sehen: am Baldachin, der das Bett überdachte, an der Matratzenumrandung, und auch vor den Fenstern hingen Spitzenvorhänge. Das Zimmer wirkte wie eine Winterlandschaft – inklusive Eiszapfen und Schneewehen, nur die Kälte fehlte.

»Danke, dass Sie gekommen sind, Claire.« Ms Leeds' Stimme war so schwach, dass kaum mehr als ein Flüstern zu hören war. »Und bitte verzeihen Sie, dass ich Sie nicht ordentlich begrüßen kann.«

»Das ist schon in Ordnung.« Claire kam auf Zehenspitzen näher und achtete darauf, keinen Lärm oder abrupte Bewegungen zu machen. »Wie fühlen Sie sich?«

»Besser als gestern. Vielleicht habe ich mir eine Grippe zugezogen.«

»Ja, im Moment scheint sie gerade zu grassieren. Es freut mich, dass Sie schon wieder auf dem Weg der Besserung sind.« Claire fand es überflüssig, zu erwähnen, dass sie wegen eines ähnlichen Infekts auch gerade Antibiotika hatte einnehmen müssen. »Ich werde mich auf jeden Fall beeilen, damit Sie sich bald wieder ausruhen können.«

»Aber Sie bleiben zumindest auf eine Tasse Tee. Nicht wahr?«

Fletcher meldete sich zu Wort: »Soll ich den Tee bringen?«

»Bitte, Claire. Bleiben Sie doch zum Tee.«

Verdammt. Eigentlich wollte sie schnellstmöglich nach Hause.

Der Kunde ist König. Der Kunde ist König. »Aber natürlich.«

»Gut. Fletcher, bringen Sie den Tee, und servieren Sie ihn, wenn wir meine Unterlagen durchgesehen haben.« Ms Leeds lächelte und schloss die Augen. »Claire, setzen Sie sich zu mir. Fletcher bringt Ihnen einen Stuhl.«

Fletcher sah nicht so aus, als ob er in der Lage sei, einen Fußschemel herbeizuholen, geschweige denn einen Sessel, auf dem sie sitzen konnte.

»Nicht nötig«, sagte Claire hastig. »Ich kann mir doch selbst einen Stuhl holen.«

Ohne auch nur einmal Luft zu holen, hievte der Butler mit Leichtigkeit einen antiken Polstersessel herüber, der aussah, als ob er es gewichtsmäßig mit einem Straßenkreuzer aufnehmen könnte.

Wow! Wenn das kein bionischer Butler war …

»Ah … Dankeschön.«

»Madame wird es in diesem Sessel bequem haben.«

Ja, und vielleicht wird Madame damit nach Hause fahren, falls ihr Auto nicht anspringen will.

Als Fletcher ging, ließ sich Claire auf dem vorbereiteten Thron nieder und blickte ihre Klientin an. Die alte Dame hielt ihre Augen immer noch geschlossen. »Ms Leeds … sind Sie sicher, dass ich das Testament nicht einfach hier bei Ihnen lassen soll? Dann können Sie es sich in Ruhe durchsehen, und ich komme ein anderes Mal wieder, um Ihre Unterschrift notariell zu beglaubigen.«

Als längere Zeit keine Antwort kam, fragte sich Claire, ob ihre Klientin vielleicht eingeschlafen war. Oder, Gott behüte … »Ms Leeds?«

Die blassen Lippen bewegten sich kaum. »Haben Sie inzwischen einen Kavalier?«

»Was? … Äh, nein.«

»Sie sind sehr attraktiv, wissen Sie.« Ms Leeds öffnete ihre feuchten Augen und drehte den Kopf auf dem Kissen. »Ich würde Ihnen gerne meinen Sohn vorstellen.«

»Wie bitte?« Ms Leeds hatte einen *Sohn*?

»Jetzt habe ich Sie schockiert.« Das Lächeln, das die dünne Haut spannte, wirkte traurig. »Ja. Ich bin … eine Mutter. Es geschah vor sehr langer Zeit und im Geheimen – sowohl die Zeugung als auch die Geburt.

Wir hielten alles unter Verschluss. Mein Vater bestand darauf und hatte damit natürlich Recht. Aber aus diesem Grund habe ich nie geheiratet. Wie hätte ich auch können?«

Heilige Scheiße! *Damals,* wann auch immer das genau gewesen sein mochte, bekamen Frauen wohl einfach keine unehelichen Kinder. Und für eine prominente Familie wie die Leeds wäre der Skandal enorm gewesen. Und ... Mein Gott! Ms Leeds hatte wohl aus demselben Grund nie einen Sohn in ihrem Testament erwähnt. Sie hatte den Großteil des Anwesens Fletcher hinterlassen. Alte Sitten waren wohl schwer abzuschütteln.

»Mein Sohn wird Sie mögen.«

Okay, das ging jetzt aber wirklich zu weit. Wenn die gute Frau mit Anfang zwanzig ein Baby gehabt hatte, musste der Kerl inzwischen siebzig sein! Was Claire jedoch noch mehr gegen den Strich ging als die Altersfrage, war die Tatsache, dass sie sich nie und nimmer prostituieren würde, nur um einen Kunden zu behalten.

»Ms Leeds, ich glaube nicht ...«

»Sie werden ihm begegnen. Und er wird Sie mögen.«

Claire versuchte es daraufhin mit ihrer diplomatischsten Stimme, voller Ruhe und Vernunft: »Ich bin davon überzeugt, dass er ein ganz wundervoller Mann ist, aber das brächte mich in einen echten Interessenskonflikt.«

»Sie werden ihn treffen ... und er wird Sie mögen.«

Bevor Claire es auch noch auf andere Weise als die diplomatische versuchen konnte, kam Fletcher zurück. Er schob einen großen Servierwagen vor sich her, der mit genügend Silber beladen war, um bei Tiffanys als Schaufensterdekoration dienen zu können. »Darf ich jetzt servieren, Ms Leeds?«

»Erst nach Durchsicht der Unterlagen, bitte.« Ms Leeds streckte eine ihrer geäderten Hände aus, deren Nägel perfekt manikürt und rosarot lackiert waren. Vielleicht hatte Fletcher ja auch eine Lizenz als Kosmetiker? »Claire, lesen Sie mir bitte vor?«

Die Änderungen waren nicht sehr kompliziert, und Ms Leeds' Einverständnis dazu war schnell eingeholt, was den Besuch endgültig absolut überflüssig wirken ließ. Als die alte Dame schließlich mit zittrigen Fingern nach Claires Montblanc-Füllfeder griff und in krakeliger Handschrift »Eliza Merchant Castile Leeds« unter das Testament schrieb, versuchte Claire, nicht an die vier Stunden verlorener Arbeitszeit zu denken.

Claire beglaubigte die Unterschrift, Fletcher unterzeichnete als Zeuge, und dann wanderten die Papiere wieder zurück in die Dokumentenmappe.

Ms Leeds hüstelte. »Vielen Dank, dass Sie den weiten Weg auf sich genommen haben. Es tut mir leid, dass ich Ihnen damit Unannehmlichkeiten bereitet habe, aber ich weiß Ihre Bereitschaft, mir zu helfen, wirklich sehr zu schätzen.«

Claire sah die alte Dame an, die in einem Meer aus duftiger weißer Spitze ruhte.

Das ist ein Totenbett, dachte sie bei sich. *Und der Sensenmann wartet schon um die Ecke, wippt ungeduldig mit dem Fuß und blickt auf die Uhr.*

Es war schwer, sich nicht schuldig zu fühlen. Oh

Gott! Da saß sie nun, die knallharte Karrierefrau, und sorgte sich um ein paar verlorene Arbeitsstunden, während es so aussah, als ob Ms Leeds in ihrem Leben insgesamt nur noch wenige Stunden verbleiben würden.

»Es war mir ein Vergnügen.«

»Dann lassen Sie uns nun Tee trinken«, meinte Ms Leeds.

Fletcher schob den Servierwagen aus Messing neben Claires Sessel und schenkte ihr eine Porzellantasse ein. Es duftete nach Earl Grey.

»Zucker, Madame?«, fragte er.

»Ja, bitte.« Eigentlich hasste sie Tee, aber der Zucker würde ihn einigermaßen genießbar machen. Als Fletcher ihr das Gebräu reichte, bemerkte sie, dass nur eine Tasse auf dem Servierwagen stand. »Trinken Sie keinen Tee, Ms Leeds?«

»Nein, ich darf leider nicht. Der Arzt hat es mir verboten.«

Claire nahm einen Schluck. »Was für eine Sorte von Earl Grey ist das denn? Er schmeckt anders als jeder Tee, den ich bisher getrunken habe.«

»Mögen Sie ihn?«

»Ja, in der Tat.«

Als Claire die Tasse geleert hatte, schloss Ms Leeds die Augen und wirkte dabei seltsamerweise erleichtert. Fletcher nahm Claire die leere Tasse ab.

»Tja, ich denke, ich werde nun gehen, Ms Leeds.«

»Mein Sohn wird Sie mögen«, flüsterte die alte Frau. »Er wartet auf Sie.«

Claire blinzelte und bemühte sich sehr, höflich zu bleiben. »Es tut mir leid, aber ich muss zurück in die

Stadt. Vielleicht kann ich ihn ein anderes Mal treffen?«

»Nein, es muss jetzt sein.«

Claire blinzelte erneut und hörte wieder einmal den Leitspruch ihres Vaters in ihrem Kopf: *Der Kunde ist König.* »Wenn es Ihnen so wichtig ist, könnte ich …« Claire schluckte. »Also … Ich könnte …«

Ms Leeds lächelte. »Sie werden das Treffen gar nicht so schlimm finden. Er ist wie sein Vater. Eine äußerst charmante Bestie.«

Claire rieb sich die Augen. Sie sah Ms Leeds plötzlich doppelt im Bett liegen. Genau genommen sah sie zwei Betten vor sich. Ergab das dann insgesamt vier Ms Leeds? Oder acht?

Ms Leeds blickte Claire mit erstaunlicher Klarheit und so abgeklärt an, dass es geradezu unangenehm war. »Sie sollten keine Angst vor ihm haben. Er kann sehr sanft sein, wenn er dazu in Stimmung ist. Ich würde aber nicht versuchen, davonzulaufen. Er wird Sie ohnehin einfangen.«

»Was …«, Claires Mund fühlte sich staubtrocken an, und als sie links von sich ein Geräusch hörte, schien es aus weiter Ferne zu kommen.

Fletcher nahm das Silbertablett vom Servierwagen und stellte es auf einen Sekretär. Als er zurückkehrte, klappte er eine verborgene Platte aus dem Untergestell, so dass das Ding zu einer Art fahrbarer Krankenliege wurde.

Claire fühlte, wie ihre Muskeln immer lockerer wurden und dann ganz nachgaben. Als sie im Sessel zur Seite glitt, hob Fletcher sie hoch und trug sie zum Servierwagen – mit derselben spielerischen Leichtigkeit, mit der er ihr zuvor den schweren Sessel gebracht hatte.

Er legte sie flach hin, und ihre Sinne begannen zu schwinden. Claire versuchte verzweifelt, wach zu bleiben, als sie den Gang hinab zu einem altmodischen Aufzug aus Messing und Glas geschoben wurde. Bevor sie endgültig das Bewusstsein verlor, konnte sie noch sehen, wie der Butler auf den Knopf für das Kellergeschoss drückte.

Der Lift ruckelte und glitt hinab, während Claire immer tiefer in der Besinnungslosigkeit versank.

2

Claire drehte sich im Bett auf die andere Seite und fühlte Samt unter ihren Händen und glatte Makobaumwolle an ihrer Wange. Sie bewegte ihren Kopf auf dem weichen Kissen hin und her, und stellte dabei fest, dass ihre Schläfen hämmerten und sie eine leichte Übelkeit verspürte.

Was für ein seltsamer Traum … Ms Leeds und dieser Butler. Der Tee. Der Servierwagen. Der Aufzug.

Himmel, diese Kopfschmerzen! Aber woher kam dieser wundervolle Geruch? Nach dunklen Gewürzen … und wie ein edles Herrenparfüm, allerdings eines, das sie noch nie gerochen hatte. Als sie tief einatmete, reagierte ihr Körper auf den Duft mit Wärme, und sie strich mit der Handfläche über die samtene Bettdecke. Sie fühlte sich weich und zart an …

Moment mal. Auf ihrem Bett lag gar keine Samtdecke!

Sie öffnete die Augen … und blickte in das Licht einer Kerze. Diese stand auf einem Nachttisch, der nicht ihr eigener war.

Panik stieg in ihr auf, aber das Gefühl der Trägheit behielt dennoch die Oberhand. Sie versuchte angestrengt, den Kopf zu heben. Als es ihr schließlich gelang, verschwamm ihr Blick. Nicht, dass es wirklich darauf angekommen wäre. Sie konnte sowieso nicht weiter sehen als bis zum Rand des kleinen Lichtkreises, der auf das Bett fiel.

Dahinter herrschte tiefste Dunkelheit.

Sie hörte ein unheimliches, schleifendes Geräusch. Metall auf Metall. Es bewegte sich, kam auf sie zu.

Sie blickte in die Richtung, aus der das Geräusch kam. Ihr Mund öffnete sich, und in ihrer Kehle stieg ein Schrei auf, der jedoch am Ansatz der Zunge hängenblieb. Am Fußende des Bettes stand eine mächtige schwarze Gestalt. Ein riesiger ... Mann. In Ketten.

Der Schrecken trieb ihr den Schweiß auf die Stirn, während der plötzliche Adrenalinstoß den Nebel aus ihrem Kopf vertrieb. Sie tastete nach etwas, das sich als Waffe eignen würde. Außer der Kerze und dem schweren silbernen Kerzenständer konnte sie jedoch nichts finden. Sie griff danach ...

Eine Hand packte ihren Arm.

Panisch versuchte sie, zurückzuweichen. Doch so sehr sie sich auch wehrte und dabei die Samtdecke mit den Füßen zerwühlte – es half nichts. Der Griff war eisern.

Und dennoch nicht so fest, dass es wehtat.

Eine Stimme durchdrang die Dunkelheit: »Bitte ... Ich werde Ihnen nicht wehtun.«

Die Worte wurden mit einem so traurigen Unterton hervorgebracht, dass Claire ihren Widerstand für einen Moment aufgab. Was für ein Kummer. Was für eine durchdringende Einsamkeit. Was für eine schöne Männerstimme!

Wach auf, Claire! Was zum Teufel machte sie denn

da? Hatte sie etwa Mitleid mit dem Kerl, der sie hier festhielt?

Sie bleckte die Zähne und wandte sich seinem Daumen zu, bereit, sich den Weg freizubeißen und ihm dann ihr Knie dorthin zu rammen, wo es am meisten wehtat. Aber sie bekam dazu keine Gelegenheit. Mit einem sanften Stoß drehte er sie auf den Bauch und hielt ihre Arme vorsichtig hinter ihrem Rücken fest. Sie riss ihren Kopf zur Seite, damit sie Luft holen konnte, und versuchte, sich freizustrampeln.

Der Mann tat ihr nicht weh. Er berührte sie nicht auf unangebrachte Weise. Er hielt sie nur locker fest, während sie zappelte, und als sie schließlich keine Kraft mehr hatte, ließ er sie sofort los. Während sie keuchend dalag, hörte sie, wie die Ketten in die Dunkelheit auf der linken Seite geschleppt wurden. Als ihr Atem sich wieder beruhigt hatte, stieß sie knurrend hervor: »Sie können mich nicht hierbehalten.«

Stille. Kein Atemzug war zu hören.

»Sie müssen mich gehen lassen.«

Wo zum Teufel war sie eigentlich? Verdammter Mist … dieser Traum von Fletcher war echt gewesen. Sie musste sich also irgendwo auf dem Leeds-Anwesen befinden.

»Man wird bestimmt nach mir suchen.«

Das war gelogen. Es war ein langes Wochenende, und die meisten Anwälte ihrer Firma hatten sich die Arbeit mit in ihre Ferienhäuser genommen. Niemandem würde es auffallen, wenn sie nicht wie geplant ins Büro kam. Und wenn jemand bei ihr anrief und sich nur der Anrufbeantworter meldete, würde der

Anrufer annehmen, dass auch sie nun endlich ein Privatleben hätte und den freien Labor Day genoss.

»Wo sind Sie?«, fragte sie, ihre Stimme widerhallend. Als keine Antwort kam, fragte sie sich, ob er sie wohl allein gelassen hatte.

Sie griff nach der Kerze und nutzte den schwachen Schein, um sich umzusehen. Die Wand hinter dem geschnitzten Kopfteil war aus demselben blassgrauen Stein wie die Stirnseite des Leeds-Herrenhauses, was bestätigte, wo sie sich ihrer Vermutung nach befand. Das Himmelbett war mit dunkelblauem Samt verhängt und stand auf hohen Beinen. Sie trug einen weißen Morgenrock und ihre Unterwäsche.

Mehr konnte sie nicht feststellen.

Als sie sich vom Rand der Matratze gleiten ließ, gaben ihre wackeligen Knie nach. Ihre Beine knickten ein, und sie fiel zu Boden. Wachs spritzte auf ihre Hand, verbrannte ihr die Haut, und der Steinboden zerschrammte ihren Knöchel. Sie verschnaufte kurz und zog sich dann an der Bettdecke wieder nach oben.

Ihr Kopf schmerzte, und ihr war schwindelig. Ihr Magen fühlte sich an, als ob er voller Latexfarbe und Reißnägel wäre. Und die Panik machte alles nur noch schlimmer.

Sie streckte ihre Hand aus und schlurfte vorwärts, die Kerze so weit vor sich haltend wie möglich. Als sie gegen etwas stieß, schrie sie gellend auf und sprang einen Schritt zurück – bis ihr dämmerte, worum es sich bei dem unregelmäßigen, senkrechten Muster handelte.

Es waren Bücher. In Leder gebundene Bücher.

Sie hielt die Kerze wieder nach vorne und bewegte

sich nach links, wobei sie sich weiter mit der Hand vorantastete. Mehr Bücher. Und noch mehr Bücher. Überall waren Bücher, nach Autoren sortiert. Wie es aussah, befand sie sich gerade in der Dickens-Abteilung, und nach den Goldeinlagen auf den Buchrücken zu schließen, handelte es sich bei den Büchern um Erstausgaben.

Die Bücher sahen aus, als ob jemand sie regelmäßig abstauben würde. Oder lesen.

Einige Meter weiter gelangte sie zu einer Tür. Sie hielt die Kerze zuerst ganz nach oben und dann wieder nach unten und suchte nach einem Knauf oder Griff, aber sie konnte auf dem alten Holz nichts entdecken außer schwarzen Eisenscharnieren. Am Boden rechts neben der Tür befand sich etwas, das die Größe eines Brotkastens hatte, aber sie konnte sich keinen Reim darauf machen, was es sein mochte.

Sie richtete sich auf und hämmerte gegen die Tür.

»Ms Leeds! Fletcher!« Sie wiederholte ihre Rufe und schrie so lange und so laut sie konnte, in der Hoffnung, jemanden herbeizurufen. Aber niemand kam.

Aus Angst wurde Ärger, und sie begrüßte den Zorn.

Immer noch verängstigt, aber nun auch wütend, tastete sie sich weiter voran. Bücher. Da waren nur Bücher. Vom Boden bis hoch zur Decke. Bücher, Bücher und noch mehr Bücher.

Claire stoppte und war plötzlich erleichtert. »Das ist ein Traum. All dies ist nur ein Traum.«

Sie holte tief Luft …

»In gewisser Hinsicht, ja.« Die tiefe, klangvolle Männerstimme ließ sie sich erschrocken umdrehen, so dass sie mit dem Rücken gegen die Bücherstapel stieß.

Bloß keine Angst zeigen, dachte sie sich. Wenn du deinem Feind gegenüberstehst, darfst du keine Angst zeigen.

»Lassen Sie mich aus diesem verdammten Zimmer. *Und zwar sofort.*«

»In drei Tagen.«

»Wie bitte?«

»Sie werden drei Tage lang bei mir bleiben. Dann wird Mutter sie wieder freilassen.«

»Mutter …?« Das war Ms Leeds' *Sohn*?

Claire schüttelte den Kopf. Bruchstücke ihrer Unterhaltung mit der alten Dame fielen ihr wieder ein, ergaben jedoch keinen Sinn.

»Das ist Freiheitsberaubung …«

»Und nach drei Tagen werden Sie sich an nichts mehr erinnern. Weder, wo Sie waren, noch was hier geschehen ist. Auch nicht an mich. Sie werden keinerlei Erinnerungen zurückbehalten.«

Oh Gott … seine Stimme war beinahe hypnotisch. Und so traurig. So sanft und leise …

Das Geräusch von Ketten, die über den Boden geschleppt wurden, erklang, wurde lauter und rief ihr ins Gedächtnis, dass sie sich vor ihm fürchten sollte. »Kommen Sie nicht in meine Nähe.«

»Es tut mir leid. Ich kann nicht warten.«

Sie rannte zurück zur Tür und hämmerte gegen das Holz. Durch ihre ruckartigen, verzweifelten Bewegungen spritzte das Wachs der Kerze in alle Richtungen. Als die Flamme ausging, ließ sie den Kerzenständer los, und während dieser polternd zu Boden fiel, hämmerte sie mit beiden Fäusten gegen die massive Tür.

Das Geräusch der Ketten kam näher, und dann

hörte sie es direkt hinter sich. Verrückt vor Angst scharrte Claire mit bloßen Händen an der Tür, so dass ihre Fingernägel lange Kratzspuren hinterließen.

Zwei Hände bedeckten die ihren, hielten sie davon ab, weiterzumachen. *Oh Gott, jetzt war er da. Genau hinter ihr.*

»Lassen Sie mich los!«, schrie sie.

»Ich werde Ihnen nichts tun«, sagte er ruhig und mit dieser sanften Stimme. »Ich werde Ihnen nicht wehtun …« Immer weiter sprach er zu ihr, ein Wort nach dem anderen, bis sie in eine Art Trance fiel.

Ihr Körper prickelte, als ihr sein Duft in die Nase stieg. Er war der Ursprung dieses dunklen, würzigen Geruchs, dieses herrlichen Dufts, der überaus männlich, kraftvoll und erregend wirkte. Ihr Innerstes reagierte darauf, ihre Weiblichkeit wurde schwer und feucht …

Entsetzt über ihre eigene Reaktion versuchte sie, sich loszureißen. »Fassen Sie mich nicht an.«

»Ruhig.« Seine Stimme war direkt an ihrem Ohr. »Ich werde das erste Mal nicht viel nehmen. Und keine Sorge: Sie werden Ihre Tugend hier nicht verlieren. Ich kann nicht mit Ihnen schlafen.«

Sie sollte ihm nicht trauen. Sie sollte lieber große Angst haben. Stattdessen ließen seine sanften Hände, seine ruhige, tiefe Stimme und sein sinnlicher Geruch ihre Furcht schwinden. Das war es wahrscheinlich, was sie am meisten erschreckte.

Er gab sie frei, und eine seiner Hände berührte ihre Haare. Er zog die Haarnadeln nacheinander aus ihrer Frisur, bis ihr die dunklen Wellen auf die Schultern fielen. »Wie hübsch«, flüsterte er. »Erlesen.«

Sie wusste, sie sollte weglaufen. Aber genau genommen wollte sie gar nicht weg von ihm. »Es ist stockfinster. Woher wissen Sie, wie mein Haar aussieht …«

»Ich kann Sie gut sehen.«

»Ich sehe gar nichts.«

»Das ist auch besser so.«

War er hässlich? Missgestaltet? Oder etwa entstellt? Und wenn schon, würde es wirklich darauf ankommen? Ihr war klar, dass dem nicht so war. Sie würde ihn nehmen, ganz egal wie er aussah. Allerdings, lieber Himmel … *warum*?

»Es tut mir leid, wenn ich hetze«, sagte er mit rauer Stimme. »Ich brauche nur einen Moment, um mich zu beruhigen.«

Sie hörte ein Fauchen, als ihr Haar auf eine Seite geschoben wurde. Dann verspürte sie zwei scharfe, brennende Stiche an ihrem Hals, und der Schmerz wich einem süßen Rausch. Als sie den Rücken durchbog und keuchte, schlossen sich seine Arme um sie und drückten sie an seinen starken, männlichen Körper.

Er stöhnte und begann zu saugen.

Ihr Blut … er … trank ihr Blut. Und, oh Gott, es fühlte sich fantastisch an.

Zum ersten Mal in ihrem Leben fiel Claire in Ohnmacht.

Als sie aufwachte, lag sie im Bett, zwischen den Laken, immer noch in den Morgenrock eingehüllt. Die undurchdringliche Dunkelheit entlockte ihr ein klägliches Wimmern, das sie nie von sich selbst erwartet hätte. Aber da war einfach nichts, was ihr Halt gab, keine Realität, an der sie sich festklammern konnte.

Sie fühlte sich, als ob sie in einem dichten, öligen Meer versank, während sich ihre Lunge allmählich mit Schwärze füllte.

Die Furcht aktivierte die verschiedensten Schalter in ihrem Kopf, und ihr brach der Angstschweiß aus. Sie würde gleich durchdrehen …

Neben ihr flammte eine Kerze auf. Sie erhellte den Nachttisch sowie ein Silbertablett und das Essen, das sich darauf befand. Einen Moment später wurde eine weitere Kerze auf der anderen Seite des großen Bettes entzündet. Und eine weitere, die in einem Halter hoch oben an den Regalen neben der Tür steckte. Und noch eine in einem Abteil, das wie ein Bad aussah. Und …

Nach und nach entzündeten sich Dutzende von Kerzen wie von Geisterhand. Eigentlich hätte sie das erschrecken sollen, aber sie sehnte sich so verzweifelt danach, etwas zu sehen, dass es ihr verdammt egal war, wie das Licht zustande kam.

Der Raum war viel größer, als sie erwartet hatte, und der Boden, die Wände und die Decke waren alle aus demselben grauen Stein erbaut. Das einzige größere Möbelstück – abgesehen vom Bett – war ein Schreibtisch von der Größe einer Festtafel. Auf der glatten, glänzenden Oberfläche befanden sich unzählige Bögen weißen Papiers und hohe Stapel von Büchern mit schwarzem Ledereinband. Ein Stuhl, der einem Thron glich, stand dahinter. Er war leicht zur Seite gedreht, als ob jemand darauf gesessen und sich dann schnell erhoben hätte.

Wo war der Mann?

Ihre Augen wanderten hinüber zur einzigen dunklen Ecke. Und sie wusste, dass er dort war. Er beobachtete sie. Und wartete.

Claire erinnerte sich an das Gefühl seiner Hände auf ihrem Rücken und führte eine Hand an den Hals. Sie spürte … nichts. Na ja, nicht ganz. Da waren zwei kaum spürbare kleine Beulen. Als ob der Biss schon vor mehreren Wochen stattgefunden hätte.

»Was haben Sie mir angetan?«, fragte sie. Natürlich wusste Sie das ganz genau. Und, oh Gott … die Konsequenzen waren entsetzlich.

»Vergeben Sie mir.« Seine schöne Stimme klang angespannt. »Ich bedauere zutiefst, was ich einer Unschuldigen wie Ihnen antun muss. Aber ich muss mich nähren, sonst sterbe ich. Ich habe keine andere Wahl. Es ist mir nicht gestattet, meine Unterkunft zu verlassen.«

Claires Sehvermögen setzte kurz aus und kehrte dann schlagartig zurück, allerdings mit einer schachbrettartigen Überlagerung – der Art von Bildstörung, die man hat, kurz bevor man ohnmächtig wird. Heiliger Strohsack!

Es dauerte einige Zeit, bis sie wieder klar denken konnte, und dann füllte sich das kognitive Vakuum mit schaurigen Visionen direkt aus Hollywood: untote, blasshäutige, böse … *Vampire.*

Die Panik ließ sie so stark zittern, dass ihre Zähne klapperten. Sie kauerte sich zusammen, die Knie eng an die Brust gezogen. Als sie zu schaukeln begann, kam ihr spontan der Gedanke, dass sie noch nie in ihrem Leben solche Angst gehabt hatte.

Dies war ein Alptraum. Ob sie nun träumte oder nicht, dies war ein absoluter Alptraum.

»Bin ich jetzt infiziert?«, fragte sie.

»Infiziert? ... Sie meinen, ob ich Sie zu dem gemacht habe, was ich selbst bin? Nein. Keinesfalls. Nein.«

Angetrieben vom Drang zu fliehen, schoss sie plötzlich vom Bett herunter und hielt geradewegs auf die Tür zu. Aber sie kam nicht weit. Der Raum drehte sich um sie, und sie stolperte über ihre eigenen Füße. Sie streckte die Hände aus, und es gelang ihr, sich an den Büchern abzufangen.

Er fing sie ebenfalls auf, so schnell, als ob er sich von dort, wo er sich gerade noch befunden hatte, herüberteleportiert hätte. Er hielt sie vorsichtig in seinen Armen und nur so fest, wie unbedingt nötig. »Sie müssen essen.«

Sie hielt sich weiterhin am Regal fest und nahm beiläufig zur Kenntnis, dass sie vor einer vollständigen Sammlung der Werke von George Eliot stand. Vielleicht war das der Grund dafür, dass er wie ein Mann aus der viktorianischen Zeit sprach. Er hatte wohl vorwiegend Bücher aus dem neunzehnten Jahrhundert gelesen.

»Bitte«, flehte die schöne Stimme. »Sie müssen essen ...«

»Ich muss ins Bad.« Sie blickte quer durch den Raum zu dem mit Marmor gefliesten Abteil. »Sagen Sie mir, dass es dort auch eine Toilette gibt.«

»Ja. Es gibt zwar keine Tür, aber ich werde meine Augen abwenden.«

»Tun Sie das.«

Claire machte sich von ihm frei und taumelte vorwärts, zu verstört, schwach und verängstigt, um sich über ihre Intimsphäre wirklich Gedanken zu machen. Zudem hätte er sie schon längst mehrfach missbrauchen können, wenn er das gewollt hätte. Und außerdem ließ der Klang seiner Stimme auf ein ausgeprägtes Ehrgefühl schließen. Wenn er sagte, er würde nicht hinsehen, dann würde er das auch nicht tun.

Es sei denn, … Himmel, sie war wirklich ein Idiot. Warum zum Teufel sollte sie jemandem vertrauen, den sie gar nicht kannte? Und mit dem sie zusammen *eingesperrt* war?

Obwohl ihn vielleicht gerade das vertrauenswürdig machte. Denn offensichtlich saß er ja auch hier fest.

Es sei denn, er hatte gelogen.

Das Bad war vom Boden bis zur Decke mit cremefarbenem Marmor gefliest und verfügte über eine altmodische Badewanne mit Klauenfüßen und einen frei stehenden Waschtisch. Erst als sie die Spülung betätigt hatte und zum Waschbecken ging, bemerkte sie, dass es keinen Spiegel gab.

Sie wusch sich Hände und Gesicht und trocknete sich mit einem der weißen Handtücher ab, die auf einem Stapel bereitlagen. Dann hielt sie die Hände erneut unter den Wasserstrahl und trank aus der hohlen Hand. Ihr Magen beruhigte sich ein wenig, und sie hätte gewettet, dass etwas Essen noch mehr helfen würde. Aber sie würde keinen Bissen anrühren. Sie war in diesem Anwesen schon einmal auf eine Tasse Tee hereingefallen, und wohin hatte sie das geführt? Als sie wieder ins Schlafzimmer zurückkehrte, starrte sie in die abgedunkelte Ecke. »Ich will Ihr Gesicht sehen. Und zwar jetzt.«

Darin lag kein zusätzliches Risiko. Sie wusste ja bereits, dass sie sich auf dem Leeds-Anwesen befand, und wer er war – Ms Leeds' Sohn. Claire kannte schon genügend Details. Falls der Plan lautete, Claire umzubringen, damit diese ihre Entführer nicht mehr identifizieren konnte, gab es bereits ausreichend Gründe dafür.

»Zeigen Sie mir Ihr Gesicht. *Sofort.*«

Es folgte langes Schweigen. Dann hörte sie die Ketten rasseln, und er trat ins Licht.

Claire rang nach Luft und schlug dann die Hand vor den Mund. Er war so schön wie seine Stimme, so schön wie sein Duft, so schön wie ein Engel … und er sah keinen Tag älter aus als dreißig.

Seine fast zwei Meter hohe Gestalt war in eine rote Seidenrobe gehüllt, die bis zum Boden reichte und von einer bestickten Schärpe zusammengehalten wurde. Sein Haar war schwarz wie die Nacht und aus dem Gesicht gekämmt. Es hing in lockeren Wellen hinab bis … Lieber Himmel, wahrscheinlich bis zu seiner Taille. Und sein Gesicht … Es war so perfekt, dass es ihr den Atem nahm: das markante Kinn, die vollen Lippen und die gerade Nase – der Inbegriff männlicher Schönheit.

Seine Augen konnte sie allerdings nicht sehen, denn er hielt sie niedergeschlagen, auf den Boden gerichtet.

»Oh … oh mein Gott«, flüsterte sie. »Sie können unmöglich echt sein.«

Er zog sich wieder in den Schatten zurück. »Bitte, essen Sie. Ich muss … schon bald wieder zu Ihnen kommen. Sehr bald.«

Claire stellte sich vor, wie er sie biss … an ihrem

Hals saugte … schluckte, was durch ihre Venen floss. Und musste sich selbst daran erinnern, dass sie dazu genötigt wurde. Dass sie gegen ihren Willen gefangen gehalten und gebissen wurde … von einem Monster.

Sie blickte nach unten. Ein Teil der Kette, die er mit sich herumschleppte, lag immer noch im Licht. Das Ding war so dick wie ihr Handgelenk, und sie vermutete, dass es an seinem Knöchel festgemacht war.

Er war definitiv ein Gefangener, genau wie sie selbst. »Warum sind Sie hier unten eingekerkert?«

»Ich bin eine Gefahr für andere. Essen Sie jetzt. Ich bitte Sie.«

»Wer hält Sie hier fest?«

Darauf gab er keine Antwort. Dann sagte er: »Das Essen. Sie müssen etwas essen.«

»Tut mir leid. Aber ich werde das Zeug nicht anrühren.«

»Niemand hat sich daran zu schaffen gemacht.«

»Das dachte ich auch über den Earl Grey Ihrer Mutter.«

Die Ketten rasselten, als er wieder zurück ins Licht trat.

Ja, sie waren an seinem Fußgelenk befestigt. Am linken.

Er ging durch das Zimmer. Dabei hielt er möglichst viel Abstand zu ihr und sah sie nicht an. Sein Schritt war grazil und geschmeidig wie der eines Tieres, und seine Schultern wippten, während seine Beine ihn über den Steinboden trugen. Die Kraft in ihm war … beängstigend. Und erotisch. Und traurig zugleich.

Er war wie ein prachtvolles Raubtier in einem Käfig.

Der Gefangene setzte sich an die Stelle, an der

sie zuvor gelegen hatte, und griff nach dem Silbertablett mit dem Essen. Er nahm die Wärmeglocke vom Teller und legte sie zur Seite. Claire roch den wundervollen Duft von Rosmarin und Zitronen. Er faltete eine Damastserviette auseinander, nahm eine schwere silberne Gabel zur Hand und probierte das Lamm, den Reis und die grünen Bohnen. Dann wischte er sich mit dem Damast über den Mund, reinigte damit die Gabel und setzte die Wärmeglocke wieder auf den Teller.

Dann legte er seine Hände auf die Knie, den Kopf nach unten geneigt. Sein Haar war herrlich. Voll und glänzend ergoss es sich über seine Schultern. Die gelockten Enden berührten knapp die Samtdecke und seine Hüften. Genau genommen waren die Locken zweifarbig: weinrot und tiefschwarz, nahezu blauschwarz.

Eine solche Farbkombination hatte sie noch nie zuvor gesehen. Zumindest nicht als natürliche Haarfarbe. Und sie war sich verdammt sicher, dass seine dämonische Mutter ihm nicht jeden Monat einen Friseur vorbeischickte, um ihm Strähnchen färben zu lassen.

»Wir werden abwarten«, sagte er. »Und Sie werden sehen, dass sich niemand am Essen zu schaffen gemacht hat.«

Sie starrte ihn an. Obwohl er so riesig war, wirkte er ruhig und zurückhaltend und bescheiden. Sie hatte keine Angst vor ihm. Der logisch denkende Teil ihres Gehirns erinnerte sie natürlich daran, dass sie eigentlich große Furcht haben sollte. Aber dann dachte sie daran, wie er sie festgehalten hatte, ohne ihr wehzutun, als sie zum ersten Mal aufgewacht war. Und daran, dass auch er vor ihr Angst zu haben schien.

Aber dann fiel ihr Blick auf die Kette, und sie befahl ihren grauen Zellen, in die Gänge zu kommen. Das Ding war sicher nicht ohne Grund an seinem Knöchel befestigt.

»Wie ist Ihr Name?«, fragte sie.

Er zog die Augenbrauen zusammen.

Gott, das Licht, das sein Gesicht erhellte, verlieh ihm etwas absolut Ätherisches, obwohl sein Knochenbau überaus männlich war.

»Sagen Sie schon.«

»Ich habe keinen«, meinte er.

»Was soll das heißen, Sie haben keinen Namen? Wie werden Sie genannt?«

»Fletcher spricht mich nicht auf diese Weise an. Und Mutter nannte mich früher Sohn. Ich schätze, das ist mein Name: Sohn.«

»Sohn.«

Er rieb sich mit den Händen über die Schenkel, so dass die rote Seide seines Morgenrocks auf- und abwanderte.

»Wie lange sind Sie schon hier unten?«

»Welches Jahr haben wir?« Als sie es ihm sagte, antwortete er: »Fünfundsechzig Jahre.«

Sie hielt den Atem an. »Sie sind fünfundsechzig?«

»Nein. Ich wurde hier heruntergebracht, als ich zwölf war.«

»Du lieber Himmel …« Okay, offensichtlich hatten sie unterschiedliche Lebenserwartungen. »Warum wurden Sie in diese Zelle gesperrt?«

»Meine Veranlagung begann, sich durchzusetzen. Mutter meinte, es wäre so für alle sicherer.«

»Und Sie waren die ganze Zeit hier unten?« Da musste er doch wahnsinnig geworden sein, dachte sie. Sie konnte sich nicht vorstellen, jahrzehntelang alleine zu sein. Kein Wunder, dass er ihr nicht in die Augen blicken konnte. Er war es nicht gewohnt, mit anderen zu interagieren. »Sie waren ganz alleine hier unten?«

»Ich habe meine Bücher. Und meine Illustrationen. Ich bin nicht allein. Außerdem bin ich hier unten vor der Sonne geschützt.«

Claires Stimme wurde eisern, als sie sich daran erinnerte, wie die liebe alte Ms Leeds sie betäubt und dann zu ihm in diese Zelle verfrachtet hatte.

»Wie oft bringt sie Ihnen Frauen?«

»Einmal im Jahr.«

»Was, als eine Art Geburtstagsgeschenk?«

»Länger kann ich es nicht aushalten. Sonst wird mein Hunger zu groß. Wenn ich zu lange warte, werde ich … schwierig im Umgang.« Seine Stimme klang unglaublich kleinlaut. Beschämt.

Claire fühlte, wie schrecklicher Zorn in ihr aufstieg, wie es ihr die Zornesröte ins Gesicht trieb. Oh Mann! Ms Leeds hatte gar keine Ehefrau für ihren Sohn gesucht, als sie oben in ihrem Schlafzimmer von ihm sprach. Die Frau betrachtete Claire schlicht als Beute und ihren eigenen Sohn als Raubtier.

»Wann haben Sie Ihre Mutter zuletzt gesehen?«

»Am Tag, an dem sie mich hier herunterbrachte.«

Himmel, man hatte ihn mit zwölf Jahren eingesperrt und alleingelassen …

»Werden Sie jetzt essen?«, fragte er. »Wie Sie sehen, ist mir nichts geschehen.«

Ihr Magen knurrte. »Wie lange bin ich schon hier?«

»Erst seit dem Abendessen. Also noch nicht lange. Es wird noch zweimal Frühstück, ein Mittagessen und noch ein Abendessen geben, und dann werden Sie wieder frei sein.«

Sie sah sich um und stellte fest, dass keine Uhren vorhanden waren. Daher hatte er es sich angewöhnt, die Zeit anhand der Mahlzeiten zu messen. Jesus … Christus.

»Darf ich Ihre Augen sehen?«, fragte sie, und trat einen Schritt auf ihn zu. »Bitte.«

Er stand auf, eine hoch aufragende, mächtige Gestalt in roter Seide. »Ich werde Sie in Ruhe essen lassen.«

Er ging an ihr vorbei, den Kopf abgewandt. Die Ketten schleiften über den Boden. Als er den Schreibtisch erreichte, drehte er den Stuhl so um, dass er von ihr weg zeigte, und setzte sich hin. Er nahm einen Bleistift zur Hand und ließ ihn kurz über einem Bogen dicken, weißen Papiers schweben. Einen Moment später begann er, mit dem Stift über die Seite zu gleiten. Das Geräusch, das dabei entstand, war so sanft wie der Atem eines Kindes.

Claire starrte ihn an und traf eine Entscheidung. Dann warf sie einen Blick über die Schulter auf das Essen. Sie musste essen. Wenn sie sie beide hier herausbekommen wollte, würde sie all ihre Kraft benötigen.

3

Claire aß alles auf, was sich auf dem Tablett befand. Während sie aß, war die Stille im Zimmer in Anbetracht der Situation seltsamerweise recht entspannt.

Nachdem sie die Serviette weggelegt hatte, zog sie ihre Beine auf das Bett und lehnte sich in die Kissen zurück. Sie war müde, fühlte sich aber nicht wie betäubt. Als sie einen Blick auf das Tablett warf, kam ihr der absurde Gedanke, dass sie sich gar nicht mehr daran erinnern konnte, wann sie es sich das letzte Mal gestattet hatte, eine Mahlzeit vollständig aufzuessen. Sie hielt immer Diät und achtete darauf, dass sie nach jedem Essen immer noch ein bisschen Hunger hatte. Das half ihr dabei, ihren Kampfgeist wachzuhalten und hart und konzentriert zu arbeiten.

Jetzt fühlte sie sich ein bisschen träge. Und … hatte sie etwa gerade gegähnt?

»Ich werde mich also an nichts mehr erinnern?«, fragte sie in Richtung seines Rückens.

Er schüttelte den Kopf, so dass sich seine Haarmähne bewegte und dabei fast den Boden berührte. Die Kombination aus Rot und Schwarz war überwältigend.

»Warum nicht?«

»Ich werde Ihnen die Erinnerungen nehmen, bevor Sie gehen.«

»Wie?«

Er zuckte mit den Schultern. »Ich weiß nicht. Ich … finde sie einfach in Ihren Gedanken und begrabe sie dann.«

Sie zog die Bettdecke über ihre Beine. Sie hatte das Gefühl, dass es nichts bringen würde, nach weiteren Details zu fragen – als ob er sich und seine Wesensart selbst nicht so recht verstehen würde. Interessant. Ms Leeds war ein Mensch, soweit Claire das beurteilen konnte. Somit musste sein Vater offensichtlich ein …

Scheiße, konnte sie das alles wirklich glauben?

Claire berührte ihren Hals und spürte die schwindenden Bissspuren. Doch … ja, sie glaubte es. Und obwohl sich ihr Gehirn krampfhaft gegen die Vorstellung wehrte, dass Vampire wirklich existierten, hatte sie doch den unwiderlegbaren Beweis dafür vor sich.

Fletcher kam ihr in den Sinn. Er war wohl auch kein normaler Mensch. Claire wusste nicht, was er war, aber diese seltsame Stärke, in seinem Alter … Das war einfach nicht natürlich.

Das Schweigen wurde länger, die Minuten verrannen, flossen durch den Raum und versickerten schließlich in der Ewigkeit. War eine Stunde vergangen? Oder nur eine halbe? Oder drei?

Seltsam. Sie mochte das Geräusch, das sein Bleistift machte, wenn er sanft über das Papier glitt.

»Woran arbeiten Sie gerade?«, fragte sie.

Er hielt inne. »Warum wollten Sie meine Augen sehen?«

»Aus einem einfachen Grund. Es würde mein Bild von Ihnen vervollständigen.«

Er legte den Bleistift ab. Als er seine Hand hob, um sich das Haar von der Schulter zu streichen, zitterte sie. »Ich muss … wieder zu Ihnen kommen. Jetzt.«

Die Kerzen begannen, nacheinander zu verlöschen.

Die Angst brachte ihr Herz wie wild zum Rasen. Angst und … *Oh Gott, bitte lass den Grund für dieses Herzrasen nicht zumindest teilweise freudige Erwartung sein.*

»Warten Sie!« Sie setzte sich auf. »Woher wissen Sie, dass Sie nicht … zu viel nehmen?«

»Ich kann Ihren Blutdruck spüren, und ich werde sehr vorsichtig sein. Ich könnte es nicht ertragen, Ihnen wehzutun.« Er stand vom Schreibtisch auf. Weitere Kerzen gingen aus.

»Bitte, lassen Sie es nicht ganz dunkel werden«, sagte sie, als nur noch die Kerze auf dem Nachttisch brannte. »Ich halte das nicht aus.«

»Es ist aber besser so …«

»Nein! Himmel, nein … das ist es nicht. Sie wissen nicht, wie das für mich ist. Ich habe schreckliche Angst vor der Dunkelheit.«

»Nun gut, dann werden wir das Licht anlassen.«

Als er zum Bett kam, hörte sie zuerst die Ketten. Dann sah sie seinen Schatten aus der Dunkelheit auftauchen.

»Vielleicht möchten Sie dabei stehen?«, fragte er. »Auf diese Weise könnte ich es wieder von hinten tun, und sie müssten mich dabei nicht ansehen. Diesmal wird es leider ein bisschen länger dauern.«

Claire stieß den Atem aus. Hitze stieg in ihr auf, und das Blut strömte heiß durch ihre Adern. Im Prinzip wollte sie herausfinden, warum ihr Selbsterhaltungstrieb so gefährlich schwach war, aber was sollte das schon bringen? Sie war, wo sie war. »Ich glaube … Ich glaube, ich möchte Sie sehen.«

Er zögerte. »Sind Sie sicher? Denn wenn ich einmal begonnen habe, kann ich schwer wieder aufhören …«

Grundgütiger! Sie klangen wie zwei beflissene viktorianische Eheleute, die sich über Sex unterhielten.

»Ich muss Sie einfach sehen können.«

Er holte tief Luft, als ob er nervös sei und sich darauf vorbereitete, seine Angst zu überwinden. »Dann ist es vielleicht besser, wenn Sie sich an den Bettrand setzen. Auf diese Weise kann ich vor Ihnen knien.«

Claire rückte ein Stück nach vorne, so dass ihre Beine von der Matratze baumelten. Er beugte sich nieder und ging in die Knie, schüttelte dann aber den Kopf.

»Nein«, flüsterte er. »Ich muss mich doch neben Sie setzen.«

Er setzte sich mit dem Rücken zur Kerze hin, so dass sein Gesicht im Dunkeln lag. »Darf ich Sie bitten, sich zu mir zu drehen?«

Sie änderte ihre Position und blickte zu ihm auf. Das Licht der Flamme bildete einen Glorienschein um seinen Kopf, und sie wünschte sich, sie könnte sein Gesicht sehen, sich an seiner engelhaften Schönheit weiden.

»Michael«, flüsterte sie. »Sie hätten dich Michael nennen sollen. Nach dem Erzengel.«

Er hob eine Hand und strich ihr Haar zurück. Dann stützte er sich auf der Matratze ab und neigte sich zu ihr.

»Ich mag den Namen«, meinte er leise.

Sie spürte zuerst seine Lippen an ihrem Hals, ein zartes Streicheln von Haut an Haut. Dann zog sich sein Mund zurück, und sie wusste, dass er ihn weit öffnete und die Fänge zum Vorschein kamen. Der Biss kam schnell und entschlossen, und sie nahm ihn viel bewusster wahr als beim letzten Mal. Der Schmerz war stärker, genauso wie der süße Rausch, der darauf folgte.

Claire stöhnte, als eine Hitzewelle durch ihren Körper schoss und er rhythmisch zu saugen begann. Sie war sich nicht ganz sicher, ab wann sie ihn berührte. Es geschah einfach. Ihre Hände wanderten hinauf zu seinen Schultern.

Er machte einen Satz zurück. Und als er sich zurückzog, traf das Licht einen Teil seines Gesichts. Er atmete schwer, mit geöffneten Lippen, die Spitzen seiner Fänge kaum zu sehen. Er war hungrig, aber auch erschrocken.

Sie fuhr mit den Händen an seinen Armen nach unten. Seine Muskeln waren fest und zeichneten sich deutlich ab.

»Ich kann jetzt nicht aufhören«, sagte er mit verzerrter Stimme.

»Ich möchte … dich nur berühren.«

»Ich kann nicht aufhören.«

»Ich weiß. Und ich möchte dich berühren.«

»Warum?«

»Ich möchte dich spüren.« Sie konnte es selbst kaum glauben, aber sie neigte ihren Kopf zur Seite und bot ihm ihren Hals dar. »Nimm, was du brauchst. Und ich mache es genauso.«

Diesmal stürzte er sich förmlich auf sie, hielt ihren Hals auf der gegenüberliegenden Seite fest und biss kraftvoll zu. Claire bäumte sich auf. Ihre Brüste stießen gegen seine Brust, und sein animalischer Duft hüllte sie ein. Seine muskulösen Oberarme umklammernd ließ sie sich wieder auf die weichen Kissen zurückfallen und zog ihn mit sich.

Michael lag nun ganz auf ihr, sein Gewicht drückte sie tief in die Matratze. Sein riesiger Körper verdrängte das Kerzenlicht, so dass sie nichts mehr klar erkennen konnte. Der Lichtschein hinter ihm gab ihr jedoch Halt in der Unendlichkeit. Ihre Angst vor der Dunkelheit spielte nun keine Rolle mehr. Im Gegenteil: Die Dunkelheit bewirkte, dass sie seine Berührungen an ihrem Hals noch intensiver wahrnahm – vom feuchten Kelch seines warmen Mundes bis hin zur sexuellen Spannung, die zwischen ihnen herrschte.

Ach du lieber Gott! Ihr gefiel, was er mit ihr machte.

Claire streckte die Hände aus und fand sein Haar. Mit einem befriedigten Stöhnen fasste sie in die seidigen Strähnen, wühlte darin herum und tastete sich bis zu seiner Kopfhaut vor.

Als er erstarrte, hielt sie still und spürte das Zittern, das ihn durchfuhr. Sie wartete, um zu sehen, ob er weitermachen würde. Und das tat er tatsächlich. Als er erneut zu trinken anfing, begann sich der Raum um sie zu drehen, aber das war ihr gleichgültig. Sie konnte sich ja an ihm festhalten.

Zumindest bis er sich plötzlich von ihr löste und sie alleine auf dem Bett zurückließ. Das Rasseln seiner Ketten verriet ihr, dass er sich in die dunkle Ecke zurückzog, in der sie ihn kaum sehen konnte.

Claire setzte sich auf. Als sie Feuchtigkeit zwischen ihren Brüsten spürte, sah sie nach unten. An ihrem Oberkörper floss Blut hinab und färbte ihren weißen Morgenrock rot. Sie fluchte laut und versuchte, die Bisswunden, die er hinterlassen hatte, mit den Fingern zu verschließen.

Sogleich stand Michael vor ihr und zog ihre Hände zurück. »Es tut mir leid, ich habe nicht richtig aufgehört. Warte, nein, wehr dich nicht. Ich muss es zu Ende bringen. Lass es mich zu Ende bringen, damit ich die Blutung stoppen kann.«

Er hielt ihre Hände mit einer Hand fest, schob ihr Haar zurück und berührte mit seinem Mund ihren Hals. Seine Zunge kam hervor und strich über ihre Haut. Wieder und immer wieder.

Es dauerte nicht lange, und sie hatte vollkommen vergessen, dass sie fast verblutet wäre.

Michael gab ihre Hände frei und wiegte sie in seinen Armen. Mit Hingabe ließ sie ihren Kopf zurückfallen, als er sie mit der Zunge streichelte und liebkoste.

Irgendwann wurde er langsamer und hörte dann schließlich ganz auf. »Du solltest jetzt schlafen«, flüsterte er.

»Ich bin nicht müde.« Das war natürlich gelogen.

Sie spürte, wie er sie auf den Kissen zurechtlegte, um es ihr bequem zu machen. Dabei fiel der seidene Vorhang seiner Haare nach vorne.

Als er sich zurückziehen wollte, ergriff sie seine Hände. »Deine Augen. Du wirst sie mir zeigen. Wenn du die nächsten beiden Tage tun willst, was du gerade getan hast, bist du mir das schuldig.«

Nach einigem Zögern strich er seine Haare zurück und hob langsam die Lider. Seine Augen waren hellblau, fast so hell wie Neonlicht, und leuchteten geradezu. Um die Iris herum verlief eine schwarze Linie. Seine Wimpern waren voll und lang.

Sein Blick war hypnotisch. Nicht von dieser Welt. Außergewöhnlich … Wie der Rest von ihm.

Er senkte den Kopf. »Schlaf nun. Ich werde wahrscheinlich vor dem Frühstück erneut zu dir kommen.«

»Was ist mit dir? Schläfst du nicht?«

»Doch.« Als sie einen Blick auf die andere Seite des Bettes warf, murmelte er: »Nicht hier, nicht heute Nacht. Sorge dich nicht.«

»Wo denn dann?«

»Mach dir keine Gedanken.«

Er ging unvermittelt und verschwand in der Dunkelheit. Allein gelassen im Kerzenschein auf dem großen Bett fühlte sie sich wie ein Stück Treibgut in einem Meer, das sinnlicher Traum und grauenvoller Alptraum zugleich war.

4

Claire erwachte, als das Wasser in der Dusche aufgedreht wurde. Sie schlug die Bettdecke zurück, stellte die Füße auf den Boden und beschloss, sich ein bisschen umzusehen, während Michael beschäftigt war. Sie nahm die Kerze und ging in Richtung des Schreibtisches. Oder zumindest dorthin, wo sie das verdammte Ding vermutete.

Ihr Schienbein fand den Schreibtisch zuerst, als sie damit gegen eines der schweren Beine stieß. Sie beugte sich fluchend vor und rieb sich die Stelle, an der sich bestimmt ein riesiger blauer Fleck bilden würde. Die verdammten Kerzen! Etwas vorsichtiger als zuvor tastete Claire nun nach dem Stuhl, auf dem er gesessen hatte. Sie hielt die größtenteils nutzlose Kerze tiefer und betrachtete, woran er zuletzt gearbeitet hatte.

»Oh mein Gott«, flüsterte sie.

Es war ein Porträt von ihr. Ein erstaunlich treffendes und überaus sinnliches Porträt, das den Betrachter direkt anzublicken schien.

Allerdings hatte er sie noch nie betrachtet. Woher wusste er dann …

»Bitte geh da weg«, rief Michael aus dem Bad.

»Es ist schön!« Sie beugte sich weiter über den Tisch und entdeckte eine Vielzahl verschiedener Zeichnungen, deren Stil sehr modern wirkte. Das hatte sie nicht erwartet. »Sie sind alle schön.«

Da gab es Wälder und Blumen, die seltsam verzerrt waren. Ansichten des Leeds-Anwesens und des Parks, die surreal wirkten. Darstellungen der Räume im Herrenhaus, die alle etwas abseits der Wirklichkeit waren, aber dennoch den Blick fesselten. Dass er ein Vertreter der Moderne war, verwunderte sie sehr angesichts seiner altertümlichen Ausdrucksweise und seiner altmodischen Manieren …

Mit einem Frösteln blickte sie ihre Zeichnung wieder an. Es war ein klassisches Porträt. Klassisch realistisch.

Seine anderen Arbeiten wiesen eigentlich keinen bestimmten Stil auf. Die Darstellungen waren möglicherweise verzerrt, weil er die Dinge, die er zeichnete, schon seit über fünfzig Jahren nicht mehr zu Gesicht bekommen hatte. Er hatte alles aus seinem Gedächtnis gemalt, das seit Jahrzehnten nicht mehr aufgefrischt worden war.

Sie nahm das Porträt zur Hand. Es war liebevoll gezeichnet und sorgfältig ausgeführt, eine Hommage an sie.

»Ich wünschte, du würdest dir die Bilder nicht ansehen«, sagte er direkt in ihr Ohr.

Sie keuchte und fuhr herum. Als ihr Herzschlag sich wieder beruhigt hatte, bemerkte sie erneut, wie gut er doch duftete. »Warum sollte ich die Zeichnungen nicht ansehen?«

»Sie sind sehr persönlich.«

In der kurzen Pause, die darauf folgte, kam ihr etwas in den Sinn. »Hast du die anderen Frauen auch gezeichnet?«

»Du solltest lieber wieder ins Bett gehen.«

»Hast du nun, oder nicht?«

»Nein.«

Sie verspürte ein Gefühl der Erleichterung. Aus Gründen, die ihr nicht ganz behagten. »Warum nicht?«

»Sie haben mir nicht … gefallen.«

Ohne nachzudenken fragte sie: »Warst du mit manchen von ihnen zusammen? Hattest du Sex mit ihnen?«

Anstatt einer Antwort war nur das Rauschen der Dusche zu hören, die er in der Eile nicht abgestellt hatte.

»Sag schon.«

»Nein.«

»Du sagtest, du würdest nicht mit mir schlafen. Liegt es daran, dass es dir … mit Menschen nicht möglich ist?«

»Nein. Das ist eine Frage der Ehre.«

»Das heißt, Vampire … haben Sex? Ich meine, du kannst, richtig?« *Hm, warum stellte sie bloß all diese Fragen? Halt den Mund, Claire …*

»Ja, ich kann körperliche Erregung verspüren. Und ich kann mich selbst … zum Abschluss bringen.«

Sie musste die Augen schließen, als sie sich bildhaft vorstellte, wie er splitternackt auf dem Bett saß, mit offenem Haar, das seinen Körper umschmeichelte. Sie stellte sich vor, wie er seine Erektion mit einer seiner schlanken Hände umfasste und damit immer wieder den steifen Schaft auf und ab rieb, bis er sich schließlich aufbäumte und …

Sie hörte, wie er abrupt den Atem einzog. »Warum erregt dich das?«

Himmel, was für scharfe Sinne er doch hatte! Aber wie könnte sie diese überaus erotische Vorstellung wohl kaltlassen?

Claire entschied, dass sie ihn über die Details ihrer Erregung lieber nicht aufklären wollte. »Warst du schon einmal mit einer Frau zusammen?«

Er schüttelte den Kopf. »Die meisten hatten große Angst vor mir, und das zu Recht. Sie wichen vor mir zurück, besonders wenn ich … mich von ihnen nährte.«

Claire versuchte, sich vorzustellen, wie sie sich fühlen würde, wenn sie nur Kontakt mit Leuten hätte, die sich entsetzlich vor ihr fürchteten. Kein Wunder, dass er so verschlossen und voller Scham war.

»Und bei denen, die mich nicht … widerwärtig fanden, sich an meine Anwesenheit gewöhnten und mich nicht zurückgewiesen hätten … Bei diesen stand mir einfach nicht der Sinn danach. Sie haben mir nicht gefallen.«

»Hast du jemals eine Frau geküsst?«

»Nein. Aber jetzt beantworte endlich meine Frage. Warum erregt es dich, wenn du dir vorstellst, wie ich mir … Erleichterung verschaffe?«

»Weil ich gerne …« *Zusehen würde.* »Also … du siehst bestimmt schön aus, wenn du es tust. Ich meine, ich finde dich … wunderschön.«

Er schnappte nach Luft.

Eine Zeit lang war wieder nur das Rauschen der Dusche zu hören. Dann sagte sie: »Es tut mir leid, wenn ich dich schockiert habe.«

»Du meinst, ich gefalle dir?«

»Ja.«

»Wirklich?«, flüsterte er.

»Ja.«

»Dann bin ich beglückt.« Die Ketten schleiften über den Boden, als er sich umdrehte und ins Bad zurückging.

»Michael?«

Das Rasseln der Kettenglieder war überdeutlich zu hören.

Claire ging hinüber zum Bett und setzte sich ans Fußende. Mit der Kerze in beiden Händen wartete sie, bis er im Bad fertig war. Als er das Wasser abstellte und endlich aus dem Abteil kam, sagte sie: »Ich würde auch gerne duschen.«

»Nur zu.« Das Wasser ging wieder an, als ob er es befohlen hätte. »Ich werde deine Privatsphäre nicht verletzen.«

Sie ging ins Bad und stellte die Kerze auf den Waschtisch. Die Luft war warm und feucht von Michaels Dusche, und es duftete nach Seife und dunklen Gewürzen. Claire ließ den Morgenrock und ihre Unterwäsche zu Boden gleiten, stellte sich unter die Brause und genoss, wie das Wasser über ihren Körper rann, in ihr Haar eindrang und ihre Haut abspülte.

Sie war darüber entsetzt, dass er in den letzten fünfzig Jahren so wenig Mitgefühl erfahren hatte. Dass seine einzigen Gefährtinnen für ihn entführt und dabei ihre Rechte verletzt worden waren, damit er überleben konnte. Dass er schon so lange gefangen gehalten wurde und weiterhin ein Gefangener bleiben würde, es sei denn, jemand würde ihn befreien. Dass er nicht einmal wusste, wie schön er war.

Und sie fand es schrecklich, dass er sein Leben lang alleine gelebt hatte.

Sie verließ die Dusche, trocknete sich ab, schlüpfte wieder in den Morgenrock und steckte Slip und BH in die Tasche.

Zurück im Schlafzimmer fragte sie: »Michael, wo bist du?«

Sie ging weiter in den Raum hinein. »Michael?«

»Ich sitze am Schreibtisch.«

»Würdest du bitte ein paar Kerzen anzünden?«

Sogleich flackerten mehrere Kerzen auf.

»Danke.« Als sie zu ihm hinüberschaute, versuchte er, die Zeichnung zu verbergen, an der er gerade gearbeitet hatte. »Ich nehme dich mit«, sagte sie.

Überrascht hob er den Kopf – und ihre Blicke trafen sich. Herrgott, was für erstaunlich leuchtende Augen er doch hatte! »Wie bitte?«

»Wenn Fletcher mich holen kommt, werde ich dafür sorgen, dass du auch freikommst.« Höchstwahrscheinlich, indem Sie dem Butler eins mit dem Kerzenständer überzog. »Ich werde mich schon um ihn kümmern.«

»Nein!« Michael sprang vom Stuhl auf. »Du darfst dich nicht einmischen. Du wirst so gehen, wie du gekommen bist – ganz ohne Gewalt.«

»Den Teufel werde ich tun. Das ist einfach nicht richtig! Und zwar alles. Weder für die Frauen noch für dich. Und an all dem ist deine Mutter schuld. Und Fletcher.«

Claire wünschte, sie könnte es bewerkstelligen, dass alles ein gutes Ende nahm. Diese Frau und ihr Gangster-Butler gehörten hinter schwedische Gardinen. Ihr war dabei egal, wie alt sie schon waren. Aber eine Anzeige bei der Polizei, weil sie einen Vampir im Keller angekettet hatte, war nicht gerade ein schlagkräftiges Argument, um eine der prominentesten Einwohnerinnen von Caldwell verhaften zu lassen.

Die Geschichte würde ihr wohl kaum jemand abkaufen. Ihn zu befreien, war daher die beste Lösung.

»Ich kann nicht zulassen, dass du Widerstand leistest«, meinte er.

»Willst du denn nicht hier herauskommen?«

»Sie werden dir wehtun.« Er blickte sie ernst an. »Ich wäre lieber für den Rest meines Lebens hier eingesperrt, als dass dir ein Leid angetan wird.«

Sie dachte über Fletchers unheimliche Kraft nach. Und über die Tatsache, dass er und Ms Leeds fünfzig Jahre lang Frauen entführt hatten und damit durchgekommen waren. Wenn Claire verschwand, weil sie sie töteten, wäre das schwer zu rechtfertigen. Aber Leichen konnte man auch verschwinden lassen. Klar, ihre Assistentin wusste, wohin sie gegangen war, aber Ms Leeds und Fletcher waren zweifelsohne durchtrieben genug, um sich dumm zu stellen. Außerdem hatten sie Claires Autoschlüssel und das unterzeichnete Testament. Sie konnten den Wagen loswerden und vorgeben, dass Claire gekommen und wieder gegangen war, ohne dass ihr etwas zugestoßen wäre.

Oh Mann ... sie war überrascht, dass man sie ausgewählt hatte – sicher weil sie so energisch war. Andererseits hatte sie sich bei Ms Leeds verdammt damenhaft verhalten, und sie war, wie sie vermutete, ein geeignetes Ziel: eine alleinstehende Frau, die am letzten langen Wochenende des Sommers alleine unterwegs war.

Offensichtlich hatten die beiden einen Modus Operandi, der fünf Jahrzehnte lang funktioniert hatte. Und sie würden sich selbst schützen. Auch mit Gewalt, wie Michael befürchtete.

Sie würde Hilfe brauchen, um ihn hier herauszubekommen. Vielleicht könnte Michael – nein, er konnte ihr wahrscheinlich nicht die benötigte Rückendeckung bieten, nicht nach all dem Psychoterror, den er erlebt hatte. Verdammt ... sie würde wiederkommen müssen, um ihn zu holen, und sie wusste auch schon, wen sie mitbringen würde. Sie hatte Freunde unter den Gesetzeshütern, die bereit waren, ihre Marke in der Schublade und die Pistole am Gürtel zu lassen. Freunde, die wussten, wie man einen Einsatzort hinterher wieder aufräumte.

Freunde, die sich um Fletcher kümmern würden, während sie sich um Michael kümmerte.

Sie würde wegen ihm zurückkommen.

»Nein«, sagte Michael. »Du wirst dich nicht daran erinnern. Du kannst nicht zurückkommen.«

Eine neue Welle der Empörung erfasste sie. Dass er offensichtlich ihre Gedanken lesen konnte, störte sie viel weniger als die Tatsache, dass er sie daran hindern wollte, ihm zu helfen – auch wenn er es nur zu ihrem Schutz tat. »Und ob ich mich erinnern werde!«

»Ich werde deine Erinnerungen auslöschen ...«

»Nein, das wirst du nicht.« Sie stemmte die Hände in die Hüften. »Denn du wirst bei deiner Ehre schwören, hier und jetzt, dass du das nicht tun wirst.«

Sie wusste, sie hatte gewonnen, denn sie fühlte, dass er ihr nichts abschlagen konnte. Und sie glaubte fest daran, dass er sich an sein Versprechen, ihr die Erinnerungen nicht zu nehmen, auch halten würde.

»Schwöre es.« Als er stumm blieb, warf sie ihr nasses Haar in den Nacken. »Das muss aufhören. Es ist in so vieler Hinsicht einfach nicht richtig, und dieses Mal hat deine Mutter definitiv die falsche Frau für einen Aufenthalt im Keller ausgesucht. Du wirst hier herauskommen, und ich werde dir dabei helfen.«

Das winzige Lächeln, das er ihr schenkte, war voller Wehmut. »Du bist eine echte Kämpferin.«

»Ja. Immer. Und manchmal bin ich auch so stark wie eine ganze Armee. Und jetzt gib mir endlich dein Wort.«

Er sah sich mit sehnsuchtsvollem Blick im Raum um, als ob er versuchte, durch die Steinmauern und die Erde hinauf zum Himmel zu blicken, der so weit entfernt war. »Ich habe schon lange keine frische Luft mehr eingeatmet.«

»Lass mich dir helfen. Gib mir dein Wort.«

Er richtete seinen Blick auf sie. Es war ein so liebenswürdiger, intelligenter und warmer Blick. Jene Art von Blick, den man sich bei einem Liebhaber wünschte.

Claire zwang sich, nicht weiter darüber nachzudenken. Denn für ihn den barmherzigen Samariter zu spielen, bedeutete nicht, dass sie auch mit ihm schlafen würde. Obwohl … was wäre das für eine Nacht! Sein großer Körper war zweifellos in der Lage …

Schluss jetzt!

»Michael? Dein Wort. Jetzt.«

Er ließ den Kopf sinken. »Ich verspreche es.«

»Was? Was versprichst du?« Die Anwältin in ihr wollte sämtliche Details festhalten.

»Dass ich dich unversehrt lassen werde.«

»Das reicht nicht. Unversehrt könnte körperlich oder geistig unversehrt bedeuten. Sag zu mir: ›Claire, ich werde dir keine der Erinnerungen an mich oder an dieses Erlebnis nehmen.‹«

»Claire … was für ein hübscher Name.«

»Hör auf, Zeit zu schinden. Und schau mich an, während du es sagst.«

Es dauerte einen Moment, aber dann hob er den Blick und sah ihr direkt in die Augen, ohne zu blinzeln oder wieder wegzusehen. »Claire, ich werde dir keine der Erinnerungen an mich oder an die Ereignisse hier nehmen.«

»Gut.« Sie ging zum Bett und legte sich auf die Samtbettdecke. Als sie das Revers ihres Morgenrocks richtete, ließ er sich auf den Stuhl sinken.

»Du siehst erschöpft aus«, stellte sie fest. »Warum kommst du nicht her und legst dich hin? Das Bett ist mehr als groß genug für uns beide.«

Er stützte seine Arme auf den Oberschenkeln ab. »Das wäre nicht schicklich.«

»Warum?«

Unvermittelt gingen fast alle Kerzen aus. »Schlaf nun. Ich werde später zu dir kommen.«

»Michael? Michael?«

Plötzlich erfasste sie eine Woge der Erschöpfung. Kurz bevor sie ohnmächtig wurde, kam ihr der flüchtige Gedanke, dass dies nur geschah, weil er es so wollte.

Claire erwachte in völliger Finsternis und spürte, dass er sich über sie beugte. Sie lag ordentlich im Bett, als ob er sie unter die Bettdecke gesteckt hätte.

»Michael?« Als er nicht antwortete, fragte sie: »Ist es wieder Zeit für …?«

»Noch nicht.«

Mehr sagte er nicht, ging aber auch nicht wieder. Daher flüsterte sie: »Was ist los?«

»Hast du das wirklich ernst gemeint?«

»Dass ich dich hier herausholen werde?«

»Nein. Als du mich gefragt hast, ob ich … mich neben dich legen möchte?«

»Ja.«

Sie hörte, wie er tief einatmete. »Dann darf ich … mich zu dir legen?«

»Ja.«

Sie hob die Decke an und machte ihm Platz, als die Matratze unter seinem Gewicht nachgab. Aber anstatt unter das Plumeau zu schlüpfen, blieb er darauf liegen.

»Ist dir nicht kalt?«, fragte sie. »Komm unter die Decke.«

Es überraschte sie nicht, dass er zögerte. Dass er schließlich doch die Bettdecke hob, hingegen schon. »Ich werde meinen Morgenrock anbehalten.«

Das Bett knarzte, als er es sich bequem machte, und das Rasseln der Kette ließ sie frösteln und erinnerte sie daran, dass sie beide Gefangene waren. Aber dann stieg ihr wieder der Geruch dunkler Gewürze in die Nase, und sie konnte nur noch daran denken, ihn in den Armen zu halten. Sie drehte sich zu ihm herum und berührte seinen Arm. Als er kurz zusammenzuckte, aber dann wieder ruhig wurde, wurde ihr klar, dass sie sich entschieden hatte. Sie wollte mit ihm schlafen.

»Hattest du schon viele Liebhaber?«, fragte er.

Also wusste auch er, was sie wollte. Und sie hatte das Gefühl, dass er zu ihr gekommen war, weil es ihm ebenso erging. Dennoch war sie nicht sicher, wie sie seine Frage beantworten sollte, ohne ihn zu verunsichern.

»Und, hattest du?«, bohrte er nach.

»Ein paar. Nicht viele.« Sie war stärker daran interessiert gewesen, am Verhandlungstisch zu gewinnen, als an Sex.

»Und wie war dein erstes Mal? Hattest du Angst?«

»Nein.«

»Oh.«

»Ich wollte es einfach hinter mich bringen. Ich war dreiundzwanzig, ein Spätzünder.«

»Ist das spät?«, murmelte er. »Wie alt bist du denn jetzt?«

»Zweiunddreißig.«

»Wie viele waren es?« Jetzt klang seine Stimme männlich und fordernd, mit einer gewissen Schärfe. Sie mochte diesen Kontrast zu seinem sonst so sanften Wesen.

»Nur drei.«

»Haben sie dich … befriedigt?«

»Manchmal.«

»Wann war das letzte Mal?« Die Worte kamen schnell und leise.

Er war eifersüchtig, und es hätte ihr nicht gefallen sollen, aber das tat es. Sie wollte, dass er Besitzansprüche stellte, denn auch sie wollte ihn ganz für sich haben.

»Vor einem Jahr.« Er stieß den Atem aus, als ob er erleichtert wäre, und in der Stille, die darauf folgte, wurde sie neugierig. »Und wann hast du dich das letzte Mal … selbst befriedigt?«

Er räusperte sich, und sie war sich verdammt sicher, dass er rot wurde. »Unter der Dusche.«

»Gerade eben?«, fragte sie überrascht.

»Das ist doch schon Stunden her. Oder zumindest fühlt es sich so an.« Er hüstelte. »Nachdem ich zu dir kam – also während ich bei dir war, war ich … erregt. Und damit ich widerstehen konnte, musste ich dich schnell verlassen. Daher habe ich es nicht richtig zu Ende gebracht. Ich hatte Angst, ich würde … dich berühren.«

»Was, wenn ich das gewollt hätte?«

»Ich werde keinen Sex mit dir haben.«

Sie setzte sich aufrecht hin und stützte sich auf dem Ellbogen ab. »Mach eine Kerze an. Ich möchte dein Gesicht sehen, während wir uns unterhalten.«

Zu beiden Seiten des Bettes flackerten Kerzen auf.

Er lag auf dem Rücken, mit geschlossenen Augen, sein langes rot-schwarzes Haar bildete ein Wellenmuster auf den weißen Kissen.

»Warum siehst du mich nicht an?«, fragte sie. »Verdammt, Michael. Schau mich an.«

»Ich sehe dich die ganze Zeit an. Wenn das Licht aus ist, beobachte ich dich. Ich starre dich geradezu an.«

»Dann schau mir jetzt in die Augen.«

»Ich kann nicht.«

»Warum?«

»Weil es wehtut.«

Claire strich über seinen Arm. Die Muskeln unter seiner Haut spannten sich an. Sein Bizeps war stark und wohlgeformt, sein Trizeps deutlich abgesetzt.

»Es sollte nicht wehtun, wenn man jemanden ansieht«, meinte sie.

»Die Nähe ist einfach zu viel für mich.«

Sie schwieg einen Moment lang. »Michael, ich werde dich jetzt küssen.« Als sie den Kommandoton in ihrer Stimme bemerkte, schaltete sie einen Gang zurück. Sie wollte ihn zu nichts zwingen. »Das heißt, wenn du es auch willst. Du kannst natürlich auch Nein sagen.«

Sie spürte, wie er erzitterte und sich die feinen Schwingungen auf die Matratze übertrugen. »Ja, ich will es. Bis ich vor Verlangen umkomme. Aber das weißt du längst, nicht wahr? Du weißt, dass dies der Grund ist, warum ich zu dir gekommen bin.«

»Ja, ich weiß.«

Er lachte leise. »Das ist der Grund, warum es mich so sehr nach dir verlangt. Du siehst, was ich bin, und dennoch hast du keine Angst. Und du bist die Einzige, die je daran gedacht hat, mich aus meinem Gefängnis zu befreien.«

Sie beugte sich zu ihm hinüber. Seine leuchtend blauen Augen versenkten sich in ihre.

»Heb deinen Kopf«, forderte sie ihn auf. Als er es tat, griff sie in sein Haar und befreite es aus dem Lederband, das es zusammenhielt. Sie breitete die schweren Strähnen über die Kissen aus und bewunderte ihre Pracht und die unglaublichen Farben.

Dann blickte sie ihm tief in die Augen und bewegte ihre Lippen auf seinen Mund zu.

Michael riss die Augen auf.

Sie hielt inne.

»Warum hast du Angst?«, fragte sie und strich ihm über den Haaransatz.

Er schüttelte ungeduldig den Kopf. »Küss mich einfach.«

»Komm, sag mir warum.«

»Was, wenn es dir nicht gefällt?«

»Das wird es. Das tut es.« Um ihn zu beruhigen, senkte sie ihren Kopf und presste ihre Lippen leicht auf seine. Dann strich sie damit über seinen Mund. Himmel! Seine Haut war so samtig. Der Inbegriff von Wärme und sehnsuchtsvoller Glut.

Besonders köstlich war es, als er leise aufstöhnte. Sein Stöhnen klang so männlich und leidenschaftlich, dass ihr Körper heftig darauf reagierte und sie zwischen den Beinen schlagartig feucht wurde.

Sie leckte über seine Lippen, damit er seinen Mund öffnete, und verlor sich im Gefühl von weich auf weich, von Atem an Atem. Als er den Mund öffnete, ließ sie ihre Zunge hineingleiten. Dort wurde sie zunächst von seinen Vorderzähnen aufgehalten, stieß dann aber weiter vor. Sie streichelte seine Zunge und spürte, wie sich sein Brustkorb weitete.

Besorgt, dass sie zu weit gegangen war, und zu schnell agiert hatte, zog sie sich zurück. »Soll ich aufhören?«

Statt einer Antwort hörte sie ein lautes Knurren. Und dann bewegte er sich so schnell, dass sie ihm kaum zu folgen vermochte.

Der Raum drehte sich um sie, als er sie blitzschnell auf den Rücken warf und sich dann rittlings auf sie setzte – wie ein großes, männliches Tier, das sie aber nicht im Geringsten ängstigte. Er beugte sich zu ihr hinab. Das Gewicht seines Oberkörpers drückte schwer auf den ihren, seine Beine umklammerten ihre Hüften. Er atmete schwer, als er sein Gesicht zu ihr neigte, seine hellen Augen leuchteten. »Ich will noch mehr davon«, verlangte er. »Mehr. Und härter. *Jetzt gleich.*«

Claire erholte sich schnell und hob ihren Kopf vom Kissen, so dass ihre Lippen verschmolzen. Er stieß sie nach hinten, drückte sie in die Kissen und vertiefte den Kontakt. Und er lernte schnell. Mit einem feuchten Stoß drang seine Zunge in ihren Mund vor. Claire bäumte sich auf vor Lust.

Da seine Beine sie umklammert hielten, konnte sie seine Erektion nicht spüren. Aber das wollte sie, brauchte sie.

Sie riss ihren Mund von seinem los und forderte ihn auf: »Komm zwischen meine Beine. Leg dich zwischen meine Schenkel.«

Er richtete sich auf und blickte auf ihre beiden Körper hinunter. Dann spreizte er ihre Schenkel mit seinem Knie und ließ sich dazwischensinken.

»Oh Gott«, stöhnte Claire, während er keuchend nach Luft schnappte. Seine Erektion fühlte sich durch die dünnen Seidenschichten, die sie trennten, heiß und hart an. Und er war gewaltig groß.

»Sag mir, was ich tun soll«, sagte er. »Sag mir …«

Sie hob ihre Knie an und bewegte ihr Becken, hieß ihn in ihrem Schoß willkommen. »Reib dich an mir. Mit deinen Hüften. Beweg deine Hüften.«

Das tat er, bis sie beide laut keuchten und stöhnten. Sein Kopf war an ihrem Hals vergraben. Die Seide zwischen ihnen wirkte eher wie ein Leiter, eine Verstärkung, anstatt eine Barriere darzustellen.

Vielleicht lag es an der ungewöhnlichen Situation, daran, dass es wie im Traum geschah … Aber zum ersten Mal ließ Claire sich völlig gehen, erlaubte sie es sich, einfach nur zu empfinden. Sie dachte nur noch an das Gefühl seines Körpers auf dem ihren, spürte, wie seine wogenden Bewegungen von ihrem Innersten aufgenommen wurden, und badete in seinem unglaublichen Duft und der Glut ihrer Lust.

Als er sich zurückzog, war sie bereit, ihn ganz in sich aufzunehmen, besonders als er sagte: »Ich möchte dich sehen.«

»Dann zieh mir den Morgenrock aus.«

Als er sich zu diesem Zweck aufrichtete, stockte ihr der Atem. Sein Haar umfloss ihn in seidigen Wellen, die im Kerzenlicht schimmerten und glänzten. Sein Gesicht war beinahe zu schön, um real zu sein. Und an seinen Hüften drängte sich sein gieriges, stolz erhobenes Geschlecht gegen die rote Seide.

»Du bist ein Traum«, seufzte sie.

Seine Hände zitterten, als er die Schärpe öffnete, die ihren Morgenrock zusammenhielt, und die beiden Vorderteile langsam auseinanderschob. Er fuhr mit beiden Händen unter das Revers und legte ihre Brüste frei.

Als er sie betrachtete, bemerkte sie, dass er ein seltsames Geräusch von sich gab. Es klang wie das tiefe Schnurren einer Katze.

»Du bist … wundervoll«, sagte er, die Augen vor

Staunen und Ehrfurcht weit geöffnet. »Darf ich dich berühren?«

Sie nickte. Er strich zart über die Unterseite einer ihrer Brüste und wanderte dann weiter zu der harten, rosaroten Spitze. Als er ihre Brustwarze berührte, wölbte sie sich ihm entgegen und schloss die Augen. Seine Berührung war wie eine Flamme, leicht und brennend.

»Küss mich«, sagte sie und umfasste seine Schultern, so dass sie ihn zu ihrer Brust herabziehen konnte. Als er stattdessen auf ihren Mund zielte, stoppte sie ihn. »Auf meine Brüste. Küss mich diesmal auf die Brüste. Lass keine Stelle aus. Nimm sie in deinen Mund und umkreise die Spitzen mit deiner Zunge.«

Michael ließ sich an ihrem Körper entlang hinabgleiten, bis er sich auf Augenhöhe mit einer ihrer Brustwarzen befand. Sein Gesichtsausdruck verriet seine animalische Begierde, als ob er sie mit Haut und Haar verschlingen wollte, spiegelte aber gleichzeitig seine zärtliche Dankbarkeit wider.

Er rieb seine Nase an der harten Spitze und bedeckte sie dann mit seinen Lippen. Als Claire erzitterte und ihre Beine um seinen Rücken schlang, sog er vorsichtig daran, ließ sich Zeit, ihren Körper kennenzulernen. Ungeduldig und gierig nach mehr griff sie in sein Haar und spornte ihn an, den Kontakt zu vertiefen.

Aber er benötigte kaum Ermunterung.

In Bezug auf Sex hatte er die natürliche Neigung zu dominieren. Zu Beginn hatte Claire vielleicht die Rolle der Lehrerin innegehabt. Von hier an übernahm jedoch er die Führung, fachte die Leidenschaft an und führte sie beide in höhere Sphären. Er beobachtete sie, während er an ihren Brustwarzen saugte, seine Augen gierig und heiß, voller männlicher Genugtuung, als sie sich lustvoll unter ihm wand. Und dann küsste er sie erneut, und seine Hände gruben sich in ihre Hüften, damit er seine harte Männlichkeit an ihr reiben konnte.

Was sie betraf, hatten sie den Punkt erreicht, an dem es kein Halten mehr gab. Als sie es ihm gerade sagen wollte, zog er sich jedoch plötzlich zurück.

Sein Mund war geöffnet, und die Fänge blitzten hervor.

In diesem Moment kam sie.

Ihr Becken zuckte unkontrolliert unter ihm, während ihre Schenkel seine Hüften umklammerten und sie ihm das Zentrum ihrer Lust noch weiter entgegenhob, weil sie noch mehr wollte, selbst als sie bereits lustvolle Erlösung fand.

Claire registrierte nur am Rande, dass sich Michaels Gesichtsausdruck in Schock verwandelte. Was eigentlich nicht verwunderlich war, denn in ihrer Ekstase schrie sie zusammenhangsloses Zeug und grub ihre Fingernägel tief in sein Fleisch.

Als sie sich wieder beruhigt hatte, blickte sie ihn an.

»Geht es dir gut?«, fragte er.

»Oh Gott …ja.« Ihre Stimme klang mitgenommen.

»Bist du sicher? Was ist geschehen?«

»Du hast mich zum Höhepunkt gebracht.« Er runzelte die Stirn, als ob er herauszufinden versuchte, ob das nun gut oder schlecht war. »Es hat sich fantastisch angefühlt.«

»Kannst du das nochmal machen?«

Gott im Himmel, sie konnte es kaum erwarten. »Mit dir? Absolut.«

Das Lächeln, das er ihr schenkte, war voller Unschuld, Großmut und Liebenswürdigkeit. »Ja, ich möchte, dass das wieder geschieht. Du bist so schön dabei.«

»Dann berühre mich zwischen meinen Beinen«, flüsterte sie an seinen Lippen. »Und es wird geschehen.«

Michael rollte sich von ihr herunter und übersäte dabei ihre Brüste mit Küssen, als ob er es hassen würde, sie zu verlassen. Dann fuhr er mit seiner Hand über ihren Bauch abwärts und schob ihren Morgenrock ganz zur Seite.

Für einen kurzen Moment machte sie sich Sorgen. Sie hatte keine Ahnung, wie er auf ihre Nacktheit reagieren würde.

Er neigte seinen Kopf zur Seite, als die Seide von ihrem Körper glitt. »Du hast da unten Haare.«

»Du etwa nicht?«

Er schüttelte den Kopf. »Aber ich mag sie«, murmelte er und strich mit seinen Fingern federleicht darüber. »Sie sind so weich.«

»Da gibt es noch etwas weicheres.«

»Wirklich?«

Sie spreizte ihre Beine und führte seine Hand dorthin, wo sie ihn spüren wollte. Bei der ersten Berührung zuckte sie zusammen und biss sich auf die Lippe.

Michael stöhnte: »Du bist so … feucht.«

»Ich bin bereit für dich.«

Er hob seine Hand und starrte seine Finger an. Dann rieb er sie aneinander. »Es fühlt sich an wie

Seide.« Bevor sie noch etwas sagen konnte, ließ er die Finger in seinen Mund gleiten. Er schloss die Augen und saugte an den Fingern, mit denen er sie berührt hatte.

Was sie erneut an den Rand der Ekstase brachte. »Michael …«

Und dann kam das Frühstück.

5

Das Geräusch einer zuschlagenden Metallklappe hallte von den Steinmauern wider, und der Duft von gebratenem Speck wehte zu ihnen herüber. Michael sah hin- und hergerissen aus.

»Später«, sagte sie.

»Du musst essen.«

»Später.«

»Nein, jetzt. Ich habe zwar … großes Verlangen nach dir, aber ich werde erst wieder zu dir kommen, wenn du fertig bist.« Entschlossen ging er hinüber zur Tür, um das Tablett zu holen, das in das brotkastenähnliche Ding gestellt worden war. Er brachte ihr das Essen ans Bett und verschwand dann in der Dunkelheit.

Als das Rasseln der Ketten verstummte, schlüpfte Claire in den Morgenrock. Kaum zu glauben, dass sie nach dem fantastischen Höhepunkt, den er ihr gerade beschert hatte, frustriert war. Aber es war so. Sie wollte ihn in sich spüren.

Claire hob die Wärmeglocke von dem Teller, warf einen Blick auf das Essen und erstarrte. »Das ist das Mittagessen.«

Der Speck war Bestandteil einer Quiche, und dazu gab es ein Glas Wein und ein Stück Obstkuchen.

»Du hast das Frühstück verschlafen und ich wollte nicht, dass du kaltes Essen zu dir nimmst.«

Oh Gott, es verblieben ihnen nur noch eineinhalb Tage! Unter normalen Umständen wäre das ein Grund zum Feiern – vorausgesetzt, sie kam hier lebend heraus, damit sie zurückkehren konnte, um ihn zu holen. Aber die Tatsache, dass sie ihn verlassen musste, auch wenn sie ihn später befreien würde, machte ihr höllische Angst.

»Michael, ich werde dich hier herausholen.« Als sie keine Antwort bekam, sprang sie mit einer Eile vom Bett, die in ihrer großen Angst vor der Zukunft wurzelte. »Hast du mich gehört?«

Sie ging auf die dunkle Ecke zu.

»Halt«, befahl er.

»Nein.« Sie nahm den Kerzenständer vom Nachttisch, hielt ihn vor sich her und marschierte quer durch das Zimmer.

»Komm nicht näher ...«

Als das Licht in die dunkle Ecke vordrang, schnappte sie nach Luft. Vier lange Ketten mit Hand- und Fußschellen an den Enden hingen von der Wand, zwei davon direkt über dem Boden, die beiden anderen ungefähr eineinhalb Meter darüber.

»Was ist das?«, fauchte sie. »Michael ... was machen sie hier mit dir?«

»Hierher muss ich gehen, wenn meine Räumlichkeiten gereinigt werden. Oder wenn meine Besucher kommen und wieder gehen. Ich muss mich selbst anketten und werde dann später wieder freigelassen, nachdem Fletcher mich zum Schlafen gebracht hat.«

»Er *betäubt* dich?« Sie hatte nicht den geringsten

Zweifel daran, dass der Butler dazu in der Lage war. »Hast du jemals versucht, zu fliehen?«

»Genug davon. Iss jetzt.«

»Zur Hölle mit dem Essen. Antworte mir.« Der scharfe Tonfall spiegelte ihre tiefe Verzweiflung wider. Sie konnte den Gedanken, dass er leiden musste, nicht ertragen. »Hast du jemals versucht, hier wegzukommen?«

»Es ist schon sehr lange her. Und nur einmal. Dann nie wieder.«

»Warum?«

Er ging von ihr weg, die Kette an seinem Fußgelenk schleifte über den Steinfußboden.

»Warum, Michael?«

»Ich wurde bestraft.«

Oh Gott. »Wie?«

»Sie haben versucht, mir etwas wegzunehmen. Am Ende habe ich die Oberhand behalten, aber es wurde jemand verletzt. Daher wehre ich mich nicht mehr. Iss jetzt. Ich muss bald wieder zu dir kommen.« Er setzte sich an den Schreibtisch mit seinen Zeichnungen, nahm einen Bleistift zur Hand und begann, zu zeichnen. So still wie er war, wusste sie, er würde sie so lange ignorieren, bis sie tat, was er verlangt hatte.

Er mochte zwar scheu und bescheiden sein, aber ein Schwächling war er nicht. Soviel war klar.

Der einzige Grund, warum sie zurück zum Bett ging und zu essen begann, war der, dass ihr Gehirn dabei Pläne schmiedete. Als sie darüber nachdachte, wie sie ihn befreien könnte, und sich darum sorgte, was man ihm angetan hatte, sah sie hinüber zur dunklen Ecke und blickte sich dann im ganzen Raum um.

»Kannst du bitte alle Lichter anzünden?«

Das tat er sofort, und der Raum wurde von Helligkeit durchflutet.

Claires Augen wanderten zurück zu der dunklen Ecke, in der die Ketten von der Wand hingen. Sie fürchtete, dass man an ihm Vergeltung üben würde. Sie befürchtete es wirklich. Wenn sie ging und die anderen wussten, dass sie zurückkommen würde ...

Sie konnte ihn nicht hier zurücklassen. Es war zu gefährlich, wenn sie schon einmal versucht hatten, ihm wehzutun.

Also zurück zu Plan A. Sie würde ihn gleich mitnehmen.

Als sie die Gabel niederlegte, wusste sie, was sie zu tun hatte. Michael würde nur eine kleine Rolle dabei spielen. Um alles andere würde sie sich kümmern. Aber er würde mit ihr kommen. Auf keinen Fall würde sie es riskieren, ihn hierzulassen.

Sie wischte sich gerade den Mund ab, als ihr bewusst wurde, dass nur ein Teller gebracht worden war.

»War das für uns beide gedacht?«, fragte sie mit plötzlichem Entsetzen. Sie hatte bereits mehr als die Hälfte der Quiche aufgegessen.

»Nein. Das ist nur für dich.« Er blickte über die Schulter. »Bitte, iss weiter. Du sollst dich satt essen.«

Als sie sich wieder dem Essen zuwandte, schien er übertrieben glücklich darüber zu sein. Er strahlte praktisch vor Zufriedenheit. Und es war eine seltsame, befreiende Freude, so ermuntert zu werden. So akzeptiert zu werden. In der Single-Szene von Manhattan drehte sich fast alles ums eigene Image und darum, aufzufallen. Schlank zu sein und Designerkleider zu tragen, während man einem geschniegelten Anzug- und Krawattenträger gegenübersaß. Endlose Gespräche über Broadway-Theaterstücke, den Inhalt der *Times* und die vielen wichtigen gemeinsamen Bekannten zu führen. Und sich auf intellektuelle Weise gegenseitig zu übertrumpfen.

Als Claire den Teller auf das Tablett zurückstellte, war sie satt, zufrieden und entspannt, trotz der fürchterlichen Situation, in der sie sich befand. Eine tiefe Müdigkeit überkam sie.

Sie schloss die Augen, und kurze Zeit später erloschen alle Kerzen bis auf eine, und sie spürte, wie sich das Bett bewegte.

Michael flüsterte in ihr Ohr: »Ich muss mich von dir nähren.«

Sie bot ihm ihre Kehle ohne Vorbehalt dar und zog ihn auf sich. Mit einem Stöhnen versenkte er seine Fänge in ihren Hals und positionierte sich so, wie sie es ihm beigebracht hatte: zwischen ihren Schenkeln, seine Erektion an das Zentrum ihrer Weiblichkeit gedrückt. Sie bewegte sich unter ihm, öffnete ihren Morgenrock, und er folgte der Einladung voller Begierde. Seine Hände wanderten streichelnd über ihre Haut immer weiter nach unten.

Während er seine Finger zwischen ihre Beine gleiten ließ, sog er weiter an ihrem Hals.

Die Heftigkeit ihrer Orgasmen erschütterte sie bis ins Innerste, und die Kombination aus seinem Biss und seiner Leidenschaft war fast zu viel, um sie zu ertragen.

Als er schließlich von ihrem Hals abließ, leckte er noch einige Zeit über die Stelle, und dann wollte sie mehr. Er auch. Sein Mund wanderte zu ihren Brüsten, und sie stieß ihn ohne Scham noch weiter nach unten, hinab zur glatten Haut ihres Bauches. Sie war wie in einem Rausch, stöhnte voller Wonne und schwelgte in der lustvollen Hitze zwischen ihnen.

Sie hörte ihn keuchen und wusste, dass er das Zentrum ihrer Weiblichkeit betrachtete.

»Du siehst delikat aus«, flüsterte er. »Und du glänzt vor Feuchtigkeit.«

»Nur wegen dir.«

»Wohin würde ein Mann … gehen?«

Sie konnte kaum glauben, dass er keine Ahnung hatte. Aber woher hätte er es auch wissen sollen? Die Bücher, die er las, enthielten bestimmt keine anatomischen Beschreibungen des weiblichen Geschlechts.

Sie führte einen seiner Finger an ihren Spalt und wölbte sich ihm entgegen, als er leicht in sie eindrang. »Hier hinein …« Ihr Atem ging schneller. »Ganz tief.«

Er stöhnte und schloss die Augen, überwältigt vom Verlangen nach ihr. »Aber du bist so eng. Du umschließt meinen Finger so fest, aber meine Männlichkeit ist viel … größer.«

»Glaub mir, du würdest hineinpassen.« Sie rieb sich an seiner Hand, sich selbst größte Lust bereitend, und fragte sich, wann sie sich zum letzten Mal so schamlos gezeigt hatte.

Noch nie.

Er beobachtete ihren Körper, ihr Gesicht, hatte seine Augen überall. Seine Ehrfurcht und Faszination ließen auch sie sich neu entdecken.

»Ich glaube, ich möchte …« Er räusperte sich. »Ich fürchte, ich bin … pervers.«

»Warum?«

»Ich möchte dich hier küssen«, sagte er und umkreiste das Zentrum ihrer Lust mit seinem Daumen. »Ich möchte dich in den Mund nehmen.«

»Dann tu es.«

Seine Augen leuchteten auf. »Du hast nichts dagegen?«

»Überhaupt nicht.« Sie spreizte ihre Knie ganz weit und hob ihm ihre Hüften entgegen. »Und es ist absolut nicht pervers.«

Seine Hände strichen über die Innenseite ihrer Schenkel und hielten sie fest, als er seinen Mund zu einem ersten Kuss auf sie senkte. Bei der ersten Berührung ihrer Lippen stöhnte er laut auf, und ein lustvoller Schauer lief durch seinen Körper. Das Bett verstärkte die schwingende Bewegung, so dass seine erotische Vorfreude die ihre noch steigerte. Zuerst ging er es ganz langsam an und studierte jede ihrer Reaktionen, indem er ihr Gesicht über ihre Scham, den Bauch und die Brüste hinweg genau beobachtete. Er wollte sich vergewissern, dass er es auch richtig machte.

Und das tat er.

»Ja«, stöhnte sie heiser. »Oh Gott, ja. So mag ich es.«

Er hob den Kopf und lächelte sie an. Dann schob er seine Arme unter ihre Beine und leckte sie ganz zart und langsam. Zumindest am Anfang. Bald darauf bewegte er seine Zunge immer schneller, bis das Schnurren, das er von sich gab, immer wilder wurde und in der Dunkelheit laut zu hören war – ein rhythmisches Pumpen, das dem Rauschen ihres heißen Blutes gleichkam. Das Lustgefühl nahm schier kein Ende, genauso wie seine herumwirbelnde, zustoßende Zunge oder seine weichen Lippen und sein heißer Atem am Zentrum ihrer Lust oder die Orgasmen, die er ihr bereitete.

Als er schließlich den Kopf hob, war sie den Tränen nahe.

Sie fasste nach oben und zog ihn höher, bereit, ihn nun genauso zu verwöhnen wie er sie zuvor. Als sie jedoch nach der Schärpe seines Morgenrocks griff, hielt er ihre Hände fest.

»Nein.«

Sie konnte seine Erektion sehen. Durch die Seide hindurch war die Größe seiner Männlichkeit gut zu erkennen. »Ich möchte …«

»Nein.« Seine Stimme hallte durch den Raum, und er wich vor ihr zurück, vor ihr und vor dem, was sie beide so heiß ersehnten. »Wir müssen nicht … miteinander schlafen.« Als er darauf nicht antwortete, murmelte sie: »Michael, du musst doch fast wahnsinnig vor Erregung sein.«

»Ich werde mir selbst Erleichterung verschaffen.«

»Lass mich es tun.«

»Nein!« Er schüttelte wild den Kopf. Dann rieb er sich über das Gesicht. »Bitte entschuldige, dass ich so gereizt reagiere.«

Wenn man berücksichtige, wie stark erregt er im Moment sein musste, war das mehr als verständlich. »Hilf mir einfach, zu verstehen, warum.«

»Du wirst bestimmt versuchen, mich zu überreden.«

»Weil ich mit dir zusammen sein möchte. Ich möchte, dass du dich wohlfühlst.«

»Das kann nicht sein.«

Er machte Anstalten, aus dem Bett zu steigen.

»Tu das nicht«, fuhr sie ihn an. »Schließ mich nicht aus.«

Als Michael erstarrte, setzte sie sich auf und schlang ihre Arme um ihn. »Ich verspreche dir, ich werde ganz langsam vorgehen. Wir können jederzeit aufhören, wenn du es möchtest.«

»Dir wird nicht ... gefallen, was ich zu bieten habe.«

»Überlass diese Entscheidung bitte mir. Und wenn es dir peinlich ist, kannst du ja das Licht ausmachen.«

Einen Augenblick später lag der Raum in völliger Dunkelheit.

Sie küsste seine Schulter und drückte ihn zurück in die Kissen. Dabei öffnete sie vorsichtig die Schärpe seines Morgenrocks und schob die Stoffbahnen zur Seite.

Sein Atem kam in kurzen Stößen, als sie seinen Oberkörper berührte und zart über seine Brustmuskeln und die harten Brustwarzen strich. Sie wanderte tiefer bis zu seinen straffen Bauchmuskeln, die sich unter seiner glatten, unbehaarten Haut abzeichneten ...

Unvermittelt stieß sie gegen die Spitze seiner Erektion. Beide schnappten nach Luft.

Ach du lieber Himmel! Sie hätte nicht gedacht, dass sein Glied so lang sein würde. Aber andererseits ... alles an ihm war sehr groß.

Michael zuckte zusammen und zischte, als sie ihn mit der Hand umfasste. Gütiger Gott! Sein bestes

Stück war so dick, dass sie es nicht vollständig mit einer Hand umschließen konnte. Aber sie wusste schon, wie sie ihm trotzdem Vergnügen bereiten konnte. Sie rieb an seinem Schaft langsam auf und ab, und er stöhnte und bewegte seine Hüften instinktiv im selben Takt.

»Ich bin …« Er stöhnte laut. »Ich bin … kurz davor. Ganz kurz davor.«

Sie verringerte den Druck ihrer Hand, bewegte sie abwärts bis zum Ansatz seiner Männlichkeit und …

Claire erstarrte. Und er hielt den Atem an.

Da war etwas nicht normal. Ein Wulst verlief bis zu seinem …

»Grundgütiger … Michael.«

Er stieß ihre Hand weg.

»Du musst nicht weitermachen«, sagte er mit rauer Stimme.

Sie warf sich auf ihn, um zu verhindern, dass er davonlief. »Sie haben versucht, dich zu kastrieren!«

Gott sei Dank war es ihnen nicht gelungen.

»Warum? Warum haben sie …«

Er erzitterte, aber diesmal nicht vor Leidenschaft. »Mutter dachte … es sei dann leichter, mich zu kontrollieren. Aber ich konnte es einfach nicht zulassen. Ich verletzte den Arzt, und zwar schlimm. Und seither ketten sie mich an.« Er schob sie mit Gewalt von sich und schlüpfte wieder in seinen Morgenrock. »Ich bin gefährlich.«

Claires Kehle war wie zugeschnürt. Sie konnte kaum sprechen. »Michael …«

»Aber ich würde dir niemals wehtun.«

»Ich weiß. Das bezweifle ich nicht.«

Er schwieg eine Weile. »Du sollst nicht sehen, wie ich da unten ausschaue.«

»Deine Narbe ist mir gleichgültig. Aber du bist es nicht. Nur darauf kommt es an.« Sie streckte im Dunkeln die Hand nach ihm aus. Als sie ihn an der Schulter berührte, zuckte er zusammen. »Ich möchte weitermachen. Ich möchte dich mit meinem Mund berühren, genauso wie du es bei mir getan hast.«

Es folgte langes Schweigen.

»Ich habe Angst«, flüsterte er.

»Guter Gott, warum?«

»Weil ich möchte, dass du … tust, was du gesagt hast. Ich will … dich.«

»Dann leg dich wieder hin. Nichts, was zwischen uns geschieht, könnte jemals falsch sein. Komm wieder her zu mir.«

Sie fand seine Hände und zog daran, bis er sich wieder auf die Kissen zurücklehnte. Dann schob sie seinen Morgenrock unterhalb der Schärpe auseinander und nahm ihn in ihre Hand. Er war halb aufgerichtet, schwoll in ihrer Hand aber sofort wieder an und wurde steinhart. Als sie sich zu ihm hinabbeugte und seine samtige Spitze mit ihrem Mund umschloss, rief er ihren Namen und grub seine Fersen in die Matratze. Dann wurde er steif wie ein Brett.

Er versuchte, sich ihr zu entziehen. »Ich werde noch in deinem Mund …«

»Nein, das wirst du nicht. Das wird schon woanders geschehen.«

Während sie mit dem Mund an seiner Spitze saugte, rieb sie mit der Hand rhythmisch an seinem Glied auf und ab. Michael erbebte und schwitzte und …

Erst als er vor Begierde völlig wild wurde und raste, gab sie ihn frei und zog sich zu ihm hoch.

»Schlaf mit mir, Michael. Komm in mir zum Höhepunkt.«

Er stöhnte. »Du bist so eng …«

Sie setzte sich rittlings auf ihn, bereit, ihn in sich aufzunehmen. Aber dann zögerte sie, weil er keine Reaktion mehr zeigte. Gott, nun wusste sie, wie sich ein anständiger Mann fühlen musste, wenn er zum ersten Mal mit einer Frau zusammen war. Sie wollte ihn nicht dazu zwingen. Sie verzehrte sich zwar nach ihm, wollte aber nichts tun, was er sich nicht genauso sehr wünschte wie sie.

»Michael?«, fragte sie leise. »Geht es dir gut?«

Das tat es nicht. Und die Zeit, die verging, bis er *Ja* sagte, war der Beweis dafür.

»Wenn dir das alles zu schnell …«

Er schlang blitzschnell seine Arme um sie. »Was, wenn ich dir wehtue?«

»Ist das deine einzige Sorge?«

»Ja.«

»Das wirst du nicht. Versprochen.« Sie streichelte seine Brust. »Du wirst mir sicher nicht wehtun.«

»Also dann … bitte. *Nimm mich.*«

Halleluja! »Lass uns die Stellung wechseln. Du wirst es so sicher lieber mögen.« In Anbetracht seiner dominanten Ader war ihr klar, dass er irgendwann die Führung übernehmen würde. »Wenn du oben bist, kannst du das Tempo …«

Oh Mann, wie schnell er sich doch bewegen konnte! In Sekundenschnelle lag sie auf dem Rücken. Aber sie reagierte nicht viel langsamer, griff zwischen ihre beiden Körper und führte ihn an die richtige Stelle.

»Stoß zu, Michael.« Das tat er und … »Oh, *Gott.*«

»Oh …«, stöhnte er.

Sie klammerte sich an ihn und wölbte sich ihm entgegen. Er füllte ihren Schoß ganz aus, und sie schlang die Schenkel um seine Hüften, um ihn noch tiefer in sich aufzunehmen.

»Tue ich dir weh?«, wisperte er.

»Nein, es fühlt sich toll an.« Sie ermunterte ihn, die Hüften wie in einem langsamen erotischen Tanz rhythmisch vor und zurück zu bewegen. Sie fand es himmlisch, wie er schwer auf ihr lag, wie seine Haut glühte und sich seine festen Muskeln flüssig bewegten. »Fester, Michael. Ich werde nicht zerbrechen. Du kannst mir nicht wehtun.«

Daraufhin vergrub er sich noch tiefer in ihr, stieß hämmernd zu, und plötzlich lag ein ganz besonderer Duft in der Luft, den sein Körper verströmte. Dieser dunkle Geruch war sein natürlicher Duft, nur viel, viel stärker und mit einem anderen Unterton, der äußerst erotisch wirkte. Als er schließlich die Beherrschung verlor – sein Haar fiel in wirren Strähnen auf ihre beiden Körper, seine Lippen waren mit ihren verschmolzen und seine Zunge eroberte ihren Mund – dachte sie flüchtig daran, dass nichts in ihrem Leben wieder so sein würde wie zuvor. Irgendetwas wurde zwischen ihnen ausgetauscht, ein Handel geschlossen und besiegelt. Nur wusste sie nicht, was sie bekam oder was genau sie dafür hergab.

Aber es fühlte sich gut und richtig an.

Und dann verlor sie ebenfalls die Kontrolle über

ihren Körper, schoss über die Klippe hinaus und fiel in einem Sternenschauer zurück auf die Erde. Wie aus der Ferne hörte sie Michael brüllen, und dann bäumte er sich auf und zuckte unkontrolliert, immer und immer wieder.

Als es vorbei war, lag er keuchend auf ihr, und sie strich ihm über die mit Schweißperlen bedeckten Schultern.

Sie lächelte befriedigt. Glücklich. »War das …«

Plötzlich rollte er sich von ihr herunter und sprang aus dem Bett, die Ketten schnell über den Boden schleifend. Einen Moment später ging das Wasser in der Dusche an.

Nachdem Claire den ersten Schock überwunden hatte, wickelte sie die Bettdecke fest um sich und kauerte sich zusammen. Offensichtlich hatte sie das wundervolle Erlebnis ihrer Vereinigung falsch interpretiert. Er hatte es anscheinend sehr eilig, sich von ihr reinzuwaschen.

Doch dann hörte sie sein Schluchzen.

Oder zumindest etwas, das so klang.

Claire setzte sich langsam auf und spitzte die Ohren, um durch das Rauschen des Wassers hindurch etwas zu hören. Sie war sich nicht sicher, was genau sie da wahrgenommen hatte. Daher schlüpfte sie in ihren Morgenrock, stieg aus dem Bett und tastete sich an den Bücherregalen entlang zum Bad. Als sie am Durchgang zu dem Abteil ankam, zögerte sie kurz.

»Michael?«, fragte sie leise.

Er schrie überrascht auf und bellte sie dann an: »Geh zurück ins Bett.«

»Was ist los?«

»Bitte geh …« Ihm versagte die Stimme.
»Michael, es ist okay, wenn es dir nicht gefallen …«
»Lass mich allein.«
Den Teufel würde sie tun. Sie stolperte vorwärts, streckte ihre Hände in der unendlichen Dunkelheit vor sich aus und ging auf das Geräusch des laufenden Wassers zu. Als ihre Hände nass wurden, blieb sie stehen.
Gott, was wenn sie ihm Schaden zugefügt hatte? Hatte sie den unschuldigen Einsiedler etwa zu weit getrieben?
»Sprich mit mir, Michael.« Als nichts zu hören war außer dem laufenden Wasser, traten ihr die Tränen in die Augen. »Es tut mir leid, dass ich dich dazu überredet habe.«
»Ich wusste nicht, dass es sich so anfühlen würde …« Er räusperte sich. »In mir ist etwas zerbrochen. Ganz tief in meinem Inneren. Ich werde mich nie wieder ganz fühlen. Es war so schön.«
Claire sackte zusammen. Wenigstens war er nicht bestürzt, weil es ihm nicht gefallen hatte. »Komm zurück ins Bett. Lass uns zusammen dort liegen.«
»Was soll ich bloß tun, wenn du weggehst?«
»Du wirst nicht hierbleiben, schon vergessen?«
»Doch, das werde ich, das muss ich. Und du musst gehen.«
Angst kroch ihren Rücken hinauf. »Nein, das wird nicht geschehen. Das ist nicht, was wir ausgemacht haben.«
Er stellte die Dusche ab, und als das Wasser nur noch tröpfelte, zog er niedergeschlagen den Atem ein. »Sei vernünftig …«

»Ich bin verdammt vernünftig. Ich bin Anwältin. Vernünftig zu argumentieren ist mein Beruf.« Sie streckte die Hände nach ihm aus, stieß aber nur an die nackten Marmorfliesen.

Auf der Suche nach ihm drehte sie sich mit ausgestreckten Händen blindlings herum und verhedderte sich in der Dunkelheit wie in einem Dschungel voller Schlingpflanzen. Sie hatte das Gefühl, dass er sie absichtlich auf Abstand hielt. »Hör endlich damit auf, so herumzugeistern!«

Er lachte leise. »Du bist so … energisch.«

»Ja, das bin ich.«

Das rubbelnde Geräusch, das beim Abtrocknen mit einem Handtuch entsteht, lockte sie nach links, aber das Geräusch bewegte sich, als sie darauf zu ging.

»Hör auf damit!«

Michaels Stimme erklang irgendwo hinter ihr. »Waren die Männer, die dich geliebt haben, auch so? So stark und stur? So wie du es bei mir warst?«

»Kannst du dich etwa teleportieren, oder was? Wie kannst du dich nur so schnell bewegen?«

»Erzähl mir von den Männern, die dich geliebt haben. Waren sie so stark wie du?«

Sie dachte an Mick Rhodes, ihren Freund aus Kindertagen, der auch einer ihrer Partner bei WN&S war. »Hm … einer von ihnen schon. Die anderen nicht. Und sie haben mich gar nicht geliebt. So, und jetzt konzentrieren wir uns wieder auf die Gegenwart, okay? Wo bist du?«

»Warum hast du dann mit ihnen geschlafen, wenn sie deine Liebe nicht erwiderten?«

»Ich habe sie auch nicht geliebt. Es ging nur um

Sex.« In der Stille, die darauf folgte, lief es ihr plötzlich kalt den Rücken hinunter. »Michael? Michael?«

»Ich komme mir ziemlich lächerlich vor.«

»Warum denn?«, fragte sie vorsichtig nach.

Irgendwie wusste sie es, als er das Bad verlassen hatte. Es erschien ihr, als ob ihr Körper den seinen spüren konnte. Sie tastete sich zurück in den Hauptraum. »Michael?«

»Ich habe mich kindisch verhalten, nicht wahr?« Seine Stimme klang nun ruhig und gelassen. Zu ruhig. »Wegen etwas zu weinen, das für dich ... eine ganz normale Sache war.«

»Oh Gott, Michael, nein.« Normal? Das war doch nicht normal. Überhaupt nicht. »Mir ist im Moment auch zum Heulen, weil ...«

»Du hast Mitleid mit mir gehabt, nicht wahr? Das solltest du nicht. Es ist kein Verbrechen, nicht so zu fühlen wie ich ...«

»Sei still. Und zwar sofort.« Sie wollte mit dem Finger auf ihn zeigen, war sich aber nicht sicher, in welche Richtung sie deuten sollte. »Ich habe kein Mitleid mit dir, und ich lüge nicht. Diese anderen Männer waren nicht du. Sie haben nichts mit uns beiden zu tun.«

Es gab jetzt also ein »uns«, überlegte sie.

»Michael, ich weiß, dass die Situation für dich nicht einfach ist, und wahrscheinlich war es keine so gute Idee, auch noch Sex ins Spiel zu bringen. Ich kann auch verstehen, warum du dich davor fürchtest, hier herauszukommen. Aber du bist nicht alleine. Wir werden das zusammen durchstehen.«

Sie hatte keine Ahnung, wie sie das bewerkstelligen

sollte oder wo sie hingehen würden, aber sie hatten einen Bund geschlossen. Mit dem Verstand und auch mit dem Körper.

Ach, was war sie doch plötzlich für eine Romantikerin! Ihr ganzes Leben lang hatte sie sich über das bombastische Getue rund um Liebe und Ehe lustig gemacht. Für sie war Sex einfach nur Sex. Aber jetzt dachte sie anders darüber. Aus einem unbestimmten Grund spürte sie, dass sie sich aneinander gebunden hatten. Es ergab zwar keinen Sinn, aber das Band war da, und die körperliche Intimität war ein Teil davon.

Er schlang von hinten die Arme um sie. »Doch, es ergibt einen Sinn. Ich fühle genau dasselbe.«

Sie ergriff seine Hände und schmiegte sich an ihn. »Ich weiß nicht, wohin das alles führen wird. Aber ich werde mich um dich kümmern.«

Seine Stimme war sehr leise, sein Versprechen feierlich. »Und ich werde dasselbe für dich tun.«

Sie blieben lange Zeit so stehen, eng umschlungen in der Dunkelheit. Sein Körper drückte sich warm an ihren Rücken, und als er noch näher rückte, spürte sie seine Erregung. Sie rieb ihre Hüften an ihm.

»Ich will dich«, sagte sie.

Sein schneller Atem streifte ihr Ohr. »Du wirst doch wohl nicht … schon wieder dafür bereit sein?«

»Normalerweise ist es der Mann, der sich hinterher erholen muss.«

»Oh. Also ich glaube, ich könnte es die ganze Nacht hindurch tun …«

Wie sich herausstellte, konnte er das wirklich.

Sie liebten sich so oft hintereinander, dass alle Liebesakte zu einer einzigen erotischen Episode verschmolzen, die kein Ende zu nehmen schien …

Stunde um Stunde verrann. Das zweite Abendessen wurde kalt. Und dann kam die Nacht.

Michael brauchte nach dem Höhepunkt ungefähr zehn Minuten, bis er wieder zu einem Orgasmus fähig war, und er wollte unbedingt alle sinnlichen Freuden des Liebesspiels ausprobieren. Er nahm sie auf jede erdenkliche Art und Weise, und als er dabei immer selbstsicherer wurde, kam seine dominante Ader noch stärker zum Vorschein. Glanz gleich, in welcher Stellung sie auch begannen, am Ende befand sie sich immer unter ihm, mit dem Gesicht nach oben oder nach unten. Er liebte es, wenn er sie mit seinem Gewicht oder seinen Händen festhielt und sie sich ihm schließlich unterwarf. Insbesondere, wenn er sich an ihrem Hals nährte.

Und sie liebte es, und zwar alles davon. Die Art, wie er sie überwältigte, das Gefühl, wie seine Männlichkeit ihr Innerstes komplett ausfüllte, das kraftvolle Saugen seines Mundes an ihrem Hals. Erst, als ihr Schoß von den vielen lustvollen Vereinigungen wund war, brachte sie es über sich, ihn zu stoppen, und war selbst frustriert, dass sie nicht mehr weitermachen konnte. Sie wollte mehr von dem berauschenden Gefühl, unter seinem wogenden Körper fast zu ersticken, mehr von seiner Stärke und Leidenschaft.

Auch wenn es ihr bis zur Begegnung mit Michael nicht bewusst gewesen war, so hatte sie sich auf gewisse Weise immer wie ein Mann in einem Frauenkörper gefühlt. Ihr Engagement, ihr Elan, ihre Härte, all die kämpferischen Züge ihrer Persönlichkeit, hatten niemals richtig zu dem Körper gepasst, in dem sie sich befand. Und auch ihre Interessen waren nie typisch weiblich gewesen, selbst nicht als sie noch sehr jung gewesen war.

Aber wenn sie Michaels massiven Körper auf sich spürte, er sein Geschlecht tief in sie stieß und sich seine harten Muskeln anspannten, gab sie nach und wurde dadurch innerlich ganz. Sie war stark und schwach, schlagkräftig und unterwürfig zugleich; sie vereinte in sich alle Yins und Yangs, wie jeder andere auch. Und die Wärme, die sie für ihn fühlte, verwandelte sie und bewirkte, dass sich ihre Anschauung veränderte. Auf einmal konnte sie sie verstehen: die glücklichen Frauen mit Babybrei auf den Blusen. Die Männer, deren Gesichter ganz weich wurden, wenn sie von ihren Ehefrauen erzählten – selbst noch nach mehr als fünfzig Jahren Ehe. Die Leute, die so viele Kinder hatten, dass ihre Häuser Abenteuerspielplätzen gleichkamen – und die sich dennoch wie wild auf Weihnachten freuten, da sie dann Zeit mit ihren Familien verbringen konnten.

Jetzt hatte sie es begriffen. Chaos und Liebe gingen Hand in Hand und machten das Leben in dieser Welt erst richtig lebenswert.

Dieser Gedanke ließ sie die Stirn runzeln. Wie würde die Welt da draußen ihn behandeln? Wie würde er außerhalb dieses Gefängnisses zurechtkommen? Wohin sollte er tagsüber gehen? Was sollte er tun?

Ihre Penthousewohnung mit all ihren Fenstern war keine Option. Sie würde für sie beide eine andere Wohnung kaufen müssen. Ein Haus. In Greenwich oder irgendwo in der Nähe der Stadt. Sie würde ihm im Keller ein Zimmer einrichten, in dem er sich aufhalten konnte.

Aber halt! … Wäre das denn nicht bloß eine andere Zelle? Wäre er dann nicht wieder eingesperrt, nur diesmal nach ihrem Gutdünken? Sie sah ihn schon vor sich, wie er den ganzen Tag in der Abgeschiedenheit seines Zimmers saß und darauf wartete, dass sie zu ihm kam. Hatte er denn kein Recht auf ein eigenes Leben? Nach seinen eigenen Vorstellungen? Vielleicht sogar mit anderen seiner Art?

Wie würde er sie finden?

Michael rührte sich an ihrem nackten Körper. Er küsste ihr Schlüsselbein und meinte: »Ich wünschte …«

»Was?«

»Ich wünschte, du würdest dich genauso nähren wie ich. Ich würde dir gerne etwas von mir geben.«

»Das hast du doch …«

»Ich werde diese Nacht immer in Erinnerung behalten.«

Sie runzelte die Stirn. »Es wird noch viele andere geben.«

»Diese war aber etwas ganz Besonderes.«

Ja, das war sie. Es war sein erstes Mal, dachte Claire mit geröteten Wangen. »Ja, das war sie wirklich.«

Und dann kam die letzte Mahlzeit. Das Frühstück.

Michael stand auf und brachte ihr das Silbertablett. Als er es abstellte, flackerte die Kerze auf dem Nachttisch auf, und sie beobachtete ihn, wie er mit der Fingerspitze über den kunstvoll verzierten Griff der silbernen Gabel strich.

Sie dachte daran, dass der Moment ihres Ausbruchs immer näher rückte. Auch er war sich dessen bewusst.

Claire stand auf, nahm seine Hand und führte ihn ins Bad. Nachdem sie die Dusche angestellt hatte, sprach sie mit gedämpfter Stimme zu ihm.

»Sag mir, wie es üblicherweise abläuft. Was geschieht, wenn Fletcher die Frauen holen kommt?«

Michael wirkte verwirrt, aber dann verstand er, was sie wollte. »Nach dem Essen gehe ich in die Ecke und kette mich selbst an. Er überprüft das durch das Loch in der Tür. Die Frau liegt wie bei ihrer Ankunft auf dem Bett. Er schiebt den Wagen herein, hebt sie darauf und geht dann. Später werde ich betäubt. Dann nimmt er mir die Ketten wieder ab. Das war's.«

»Wie sehen die Frauen aus?«

»Wie bitte?«

»Sind sie ohnmächtig? Wie viel bekommen sie mit? Wie ist ihr Zustand?«

»Sie sind ganz ruhig. Ihre Augen sind geöffnet, aber sie scheinen ihre Umgebung nicht wahrzunehmen.«

»Also enthält das Essen ein Betäubungsmittel. Dieses hier auch.« Das stellte aber kein Problem dar. Sie wusste ganz genau, wie sie die Ohnmächtige zu spielen hatte. »Woher weißt du, wann er kommt?«

»Er kommt, wenn ich das Tablett wieder hinausstelle und mich ankette.«

Sie holte tief Luft. »Okay, mein Plan sieht so aus: Ich möchte, dass du dich ankettest, aber eine der Handschellen offen lässt …«

»Das geht nicht. Da sind Sensoren oder so etwas. Ich weiß nicht wie, aber er merkt es sofort, wenn etwas nicht stimmt. Letztes Jahr war eine der Handschellen locker, weil mein Ärmel sich darin verfangen hatte. Er wusste es, und ich musste die Handschelle richten, bevor er hereinkam.«

Verdammt! In diesem Fall musste sie es wohl oder übel alleine tun. Ihr Vorteil würde darin bestehen, dass Fletcher herkommen und sie hochheben musste.

Claire wartete noch ein Weilchen und stellte dann das Wasser ab. Nachdem sie mit dem Handtuch in der Dunkelheit herumgewedelt hatte, führte sie Michael wieder ins Zimmer zurück.

Sie nahm die silberne Gabel vom Tablett und steckte sie in die Tasche ihres Morgenrocks. Dann besann sie sich. Wenn sie Fletcher wäre, würde sie das Besteck zählen, um sicherzustellen, dass es nicht als Waffe benutzt wurde.

Claire warf einen Blick hinüber zum Schreibtisch. Bingo!

Sie nahm das Tablett und trug es ins Bad, wo sie den Großteil des Essens in die Toilette warf und hinunterspülte. Dann ging sie zurück zu Michael. Als sie an seinem Tisch vorbeikam, nahm sie einen seiner spitzesten Bleistifte und steckte ihn in die Tasche ihres Morgenrocks.

Sie blieb vor ihm stehen und hielt ihm das Tablett hin. »Es ist Zeit.«

Er blickte ihr in die Augen. Seine Augen glänzten, aber nicht wegen ihrer außergewöhnlichen Farbe. Tränen hingen am Rand seiner vollen Wimpern.

Sie stellte das Tablett auf den Nachttisch und nahm ihn in die Arme, aber am Ende war er es, der sie umschlungen hielt. »Es wird alles gut werden. Ich werde mich um dich kümmern.«

Er blickte hinunter in ihr Gesicht und flüsterte: »Ich liebe dich.«

»Oh Gott … Ich liebe dich …«

»Und ich werde dich ewig vermissen.«

Eine seiner Tränen tropfte auf ihre Wange, als sie panisch versuchte, sich aus seiner Umarmung zu befreien. Aber dann fuhr er ihr mit der Hand über das Gesicht, und all ihre Erinnerungen waren wie ausgelöscht.

6

Drei Wochen später …

Claire starrte aus dem Fenster ihres Büros in den schmerzhaft klaren Herbsthimmel. Das Sonnenlicht war so grell und die Luft so trocken, dass die scharfen Kanten der Wolkenkratzer so fein geschliffen wirkten wie optische Messer, die ihr in die Sicht schnitten und Kopfschmerzen verursachten.

Himmel, wie müde sie war!

»Was *zum Teufel* tust du?«

Sie drehte sich von der Aussicht weg und blickte über ihren Schreibtisch. »Ach, Mick. Du bist es.«

Mick Rhodes, ihr ehemaliger Liebhaber, Partner in der Firma und ein rundum netter Kerl, füllte den Rahmen ihrer Bürotür vollständig aus. »Du verlässt uns?« Als sie nur nickte, schüttelte er den Kopf. »Willst du wirklich alles hinschmeißen? Du kannst doch nicht einfach so gehen. Was zum Teufel …«

»Ich habe meinen Biss verloren, Mick.«

»Seit wann? Ende August hast du die gegnerischen Anwälte bei der Technitron-Fusion doch noch zum Mittagessen verspeist!«

»Ich habe einfach keinen Hunger mehr.« Ihre Antwort bezog sich in diesem Fall nicht nur auf ihren Beruf, sondern entsprach auch wortwörtlich der Wahrheit. Sie hatte seit vergangener Woche jeglichen Appetit verloren.

Mick lockerte den Knoten seiner roten Krawatte und schloss die Tür hinter sich. »Dann mach Urlaub. Nimm dir einen Monat Zeit. Aber wirf nicht gleich deine ganze Karriere weg, nur weil du dich im Moment ausgebrannt fühlst. Vergiss, dass die Technitron-Fusion gescheitert ist. Es wird noch andere Deals geben.«

Geistesabwesend hörte sie, wie das Telefon auf Marthas Schreibtisch draußen im Vorraum klingelte. Und die Gespräche der anderen Anwälte, die an ihr vorbei eilten. Und das ratternde Geräusch eines Druckers.

»Ich mochte deinen Namen schon immer«, meinte sie verträumt. »Habe ich dir das jemals gesagt?«

Mick blickte sie an, als ob sie den Verstand verloren hätte. Was sie gar nicht verwunderte. Denn seit dem Labor-Day-Wochenende, an dem sie, statt zu arbeiten, drei volle Tage durchgeschlafen hatte, fühlte sie sich auch so.

Und um ehrlich zu sein, machte sie sich darüber Gedanken, ob es an ihr gelegen hatte, dass aus dem Technitron-Deal nichts geworden war. Außerdem fühlte sie sich seit diesem verlorenen Wochenende irgendwie … schwammig. Unruhig und verwirrt.

»Claire, vielleicht solltest du eine Sitzung …«

Sie schüttelte den Kopf. »Aber warum nennt man dich eigentlich Mick? Ich kenne dich nur als Mick. Dabei ist Michael doch so ein … schöner Name.«

»Ja, sicher. Hör mal, du solltest vielleicht wirklich zum Psychiater gehen.«

Wahrscheinlich sollte sie das tatsächlich. Nachts konnte sie nicht schlafen, weil sie Alpträume hatte, und tagsüber war sie deprimiert, obwohl sie keinen Grund dafür sah. Klar, die Technitron-Fusion war in die Binsen gegangen, und vielleicht war es teilweise ihre Schuld, aber das konnte nicht die Ursache für ihre ständige Antriebslosigkeit oder den ziehenden Schmerz in ihrer Brust sein.

Martha klopfte und streckte ihren Kopf zur Tür herein. »Entschuldige, deine Ärztin ist auf Leitung zwei, und ich dachte, du solltest wissen, dass die alte Ms Leeds gestorben ist. Ihr Butler hat am Dienstag eine Nachricht hinterlassen, die im System verlorengegangen ist. Ich habe sie erst jetzt gefunden.«

Ms Leeds.

Claire griff sich an den Kopf, als sie unvermittelt von einer Woge des Hasses erfasst wurde und ihre Schläfen plötzlich schmerzhaft pochten. »Ah, danke Martha. Mick, wir reden später weiter. Übrigens, ich glaube, Freitag ist mein letzter Tag. Ich habe mich noch nicht ganz entschieden.«

»Was? Du kannst doch nicht so schnell abhauen.«

»Ich habe eine Liste all meiner Dossiers und Klienten sowie Informationen zum aktuellen Status der einzelnen Fälle zusammengestellt. So könnt ihr selbst ausmachen, wer wen übernehmen möchte.«

»Herrgott nochmal, Claire …«

»Bitte mach die Tür hinter dir zu, wenn du gehst. Und Martha, bitte finde heraus, wo und wann Ms Leeds' Beerdigung stattfindet.«

Als sie alleine war, nahm sie den Hörer ab. »Hier ist Claire Stroughton.«

»Bitte warten Sie kurz. Dr. Hughes wird gleich mit Ihnen sprechen.«

Claire runzelte die Stirn und überlegte, warum ihre Ärztin sie sprechen wollte. Die Ergebnisse der Tests, die sie gestern hatte machen lassen, sollten doch erst in einigen Tagen vorliegen …

»Hallo, Claire.« Emily Hughes kam gleich zur Sache. Das schätzte Claire an ihr so. »Ich weiß, dass Sie beschäftigt sind. Daher werde ich mich kurzfassen. Sie sind schwanger. Das ist der Grund für ihre ständige Müdigkeit und die Übelkeit.«

Claire blinzelte. Dann rollte sie die Augen. »Nein, bin ich nicht.«

»Sie sind in der dritten oder vierten Woche.«

»Das ist doch nicht möglich.«

»Ich weiß, Sie nehmen die Pille. Aber die Antibiotika, die Sie Ende August gegen Ihre Erkältung eingenommen haben, könnten ihre Wirkung herabgesetzt haben …«

»Aber das ist wirklich nicht möglich! Ich hatte nämlich keinen Sex.« Tja, zumindest nicht im echten Leben. Dafür hatte sie in der letzten Zeit höllisch heiße Träume, was vielleicht mit ein Grund dafür war, dass sie sich so erschöpft fühlte. Immer wieder wachte sie mitten in der Nacht auf – am ganzen Körper bebend, schweißgebadet und feucht zwischen den Beinen. So sehr sie es auch versuchte, sie konnte sich nie daran erinnern, wie ihr Liebhaber im Traum ausgesehen hatte. Er sorgte jedoch dafür, dass sie sich großartig fühlte – zumindest bis zum Ende ihrer Fantasien.

Denn am Ende wurden sie immer voneinander getrennt, und Claire wachte stets tränenüberströmt auf.

»Claire, Sie wissen aber, dass man auch schwanger werden kann, ohne direkt Geschlechtsverkehr gehabt zu haben.«

»Okay, ich sage es Ihnen jetzt noch einmal klar und deutlich. Ich war schon seit über einem Jahr nicht mehr mit einem Mann zusammen. Daher kann ich nicht schwanger sein. Meine Blutprobe muss in Ihrem Labor mit einer anderen vertauscht worden sein. Das ist die einzig logische Erklärung. Denn, glauben Sie mir, ich würde mich daran erinnern, wenn ich Sex gehabt hätte.«

Eine lange Pause folgte. »Würde es Ihnen etwas ausmachen, kurz vorbeizukommen und eine neue Probe abzugeben?«

»Kein Problem. Ich werde morgen kurz vorbeischauen.«

Als sie den Hörer auflegte, blickte sich Claire im Büro um und stellte sich vor, wie sie ihre Diplome aus Harvard und Yale von der Wand nahm. Sie war sich noch nicht schlüssig, wohin sie gehen sollte. Vielleicht Richtung Norden. Caldwell war beispielsweise ganz nett. Und sie war nicht auf die Arbeit angewiesen. Sie hatte genügend Geld, und wenn es ihr doch einmal zu langweilig werden sollte, konnte sie immer noch ein eigenes Anwaltsbüro aufmachen und für Privatleute kleinere Fälle übernehmen. Sie konnte ganz gut Testamente aufsetzen, und jeder mit halbwegs Verstand war in der Lage, einen Wohnimmobiliendeal abzuschließen.

Martha klopfte an und streckte ihren Kopf erneut

zur Tür herein. »Ms Leeds' Beerdigung beginnt in einer halben Stunde, ist aber nicht öffentlich. Im Anschluss findet jedoch auf dem Anwesen ein Empfang statt, zu dem du noch rechtzeitig hinkommen würdest, wenn du jetzt gleich gehst.«

Hatte sie wirklich Lust, jetzt bis nach Caldwell zu fahren? Und das für eine tote Klientin, die ihr aus einem undefinierbaren Grund plötzlich verhasst war?

Oh Gott, sie hatte wirklich nicht die geringste Ahnung, wieso sie die arme, alte, verrückte Ms Leeds so sehr verabscheute. Martha rückte ihre Metallbrille auf der Nase zurecht. »Claire … du siehst verdammt schlecht aus. Geh lieber nicht hin.«

Aber sie konnte nicht fernbleiben. Obwohl es in ihrem Kopf schmerzhaft pochte und sich ihr Magen flau anfühlte, konnte sie nichts davon abhalten, sich auf den Weg zu machen. *Sie musste einfach dorthin.*

»Lass bitte meinen Wagen bringen. Ich fahre nach Caldwell.«

Claire parkte am Ende der Auffahrt des Leeds-Anwesens als Letzte in einer Reihe mit mehr als fünfzig Autos, die bis zum Herrenhaus reichte. Sie nahm den angebotenen Parkdienst nicht in Anspruch, da sie nicht vorhatte, lange zu bleiben. Und sie sah auch keinen Grund, hinterher lange zu warten, bis jemand kam und ihr den Mercedes wieder brachte.

Außerdem konnte sie etwas frische Luft gebrauchen.

Und, wie sich gleich darauf herausstellte, auch eine Packung Aspirin. Als sie aus dem Wagen stieg und zu dem großen Gebäude aus Stein hochblickte, bekam sie plötzlich rasende Kopfschmerzen. Sie lehnte sich Halt suchend an ihren Mercedes und atmete in flachen Stößen, während sie von einer Woge des Grauens erfasst wurde.

Etwas Böses befand sich in diesem Haus. Ja, hier hauste es, das Böse.

»Ma'am? Geht's Ihnen gut?«

Es war einer der Parkdienstleute. Ein junger Bursche um die zwanzig in einem weißen Poloshirt mit einer roten, gestickten Aufschrift McCLANEs PARKDIENST.

»Ja, ja, danke.« Sie beugte sich vorsichtig in den Wagen, griff sich ihre Handtasche und warf dann die Tür ins Schloss. Als sie sich umdrehte und den Burschen anlächelte, sah er sie seltsam an – so als ob sie gleich in Ohnmacht fallen würde, und er betete, dass es nicht während seiner Dienstzeit geschehen würde.

»Ah, Ma'am. Ich hole gerade diesen Wagen hier ab.« Er nickte in Richtung des Lexus, der vor ihr parkte. »Soll ich Sie vielleicht zum Haus mitnehmen?«

»Nein, danke. Ich gehe lieber zu Fuß.«

»Okay ..., wenn Ihnen das lieber ist.«

Sie ging die Auffahrt hinauf, die Augen auf das graue Steingebäude geheftet. Sie zitterte am ganzen Körper, als sie die Stufen zum Vordereingang hinaufstieg und den Türklopfer betätigte. Sie fühlte sich benommen und schwach, als ob sie wieder die Grippe hätte, und heiße und kalte Schauer liefen durch ihren Körper. Ihre Schläfen pochten.

Die Türe wurde geöffnet – von Fletcher.

Claire taumelte angesichts des alten Mannes einen

Schritt zurück und geriet in Panik. Warum, konnte sie beim besten Willen nicht sagen.

Dann fing sie sich jedoch plötzlich wieder.

Ihre Anwaltsinstinkte, die bewirkten, dass sie bei Konfrontationen mit gegnerischen Parteien glänzte, die aus ihr eine brillante Verhandlungspartnerin machten und bisher immer wieder angesprungen waren, wenn sie es sich nicht leisten konnte, ihre Gefühle zu zeigen … diese Instinkte bekämpften nun die unvermittelte Furcht und Panik, und sie beruhigte sich augenblicklich wieder.

Man zeigt keine Schwäche vor dem Feind. Niemals!

Aber warum zum Teufel sollte ein alter Butler solch eine Reaktion hervorrufen? Das war ihr völlig schleierhaft. Wie auch immer, sie war froh, dass sie nun wenigstens nicht mehr das Gefühl hatte, gleich in Ohnmacht zu fallen. Sie konnte nun endlich wieder klar denken.

Claire lächelte kühl und reichte ihm die Hand. Der Lärm der Trauerfeier im Inneren des Hauses drang an ihre Ohren.

»Mein herzliches Beileid. Ach ja, und ich habe Ihnen das Testament mitgebracht.« Sie klopfte auf ihre Handtasche.

»Danke, Ms Stroughton.« Fletcher blickte nach unten, die ohnehin hängenden Augenlider noch weiter gesenkt als üblich. »Ich werde Sie vermissen.«

»Wir können das Testament nächste Woche durchgehen, oder auch gleich nach der Trauerfeier, was immer Sie bevorzugen.«

Er nickte. »Heute Abend wäre am besten. Danke, dass Sie daran gedacht haben.«

»Kein Problem.« Claire lächelte freundlich und griff fester nach den Henkeln ihrer Handtasche. Die Tatsache, dass sie ihm beim Betreten der Eingangshalle am liebsten mit ihrer Designertasche eins übergezogen hätte, verblüffte sie sehr.

Claire mischte sich unter die zahlreichen Trauergäste, die das Speisezimmer und das Wohnzimmer bevölkerten. Sie nickte einer Reihe von Leuten zu. Einige davon waren die Geschäftsführer der Unternehmen, an denen die Familie Leeds beteiligt war und die von Claires Firma vertreten wurden. Von den restlichen, ungefähr einhundert Trauergästen waren vermutlich mindestens die Hälfte leitende Angestellte verschiedener wohltätiger Einrichtungen. Zweifelsohne freuten sie sich schon auf den großen Zahltag.

Während Claire mit anderen Gästen zusammenstieß, die angebotenen Häppchen ablehnte und herauszufinden versuchte, warum sie sich grundlos in Lauerstellung befand, wanderten ihre Augen immer wieder zur großen Freitreppe. Da war etwas … irgendetwas … dahinter.

Sie drängte sich durch die Menschentrauben und ging hinüber zum Fuß der großen Treppe, die nach oben führte. Als sie die Hand auf das kunstvoll verzierte Geländer legte, hörte sie eine Stimme in ihrem Kopf, die den Lärm der sich unterhaltenden Gäste übertönte und sie ihre Kopfschmerzen und den Drang, Fletcher zu erwürgen, vergessen ließ.

Hinter der Treppe. Geh hinter die Treppe. Such nach dem Aufzug.

Sie blieb nicht stehen, um herauszufinden, warum sie wusste, was sich hinter der Treppe befand, sondern ging schnell seitlich um die Treppe herum, wo sie auf eine kleine Nische stieß …

Darin befand sich ein Aufzug. Ein altmodisches Ding aus Messing und Glas.

Fahr in den Keller.

Die Stimme war klar und deutlich, nicht zu leugnen. Claire schob das filigran gearbeitete Türgitter weit auf. Kurz vor Betreten des Aufzugs blickte sie nach oben. Dort war eine Lampe angebracht.

Wenn sie den Lift benutzte, würde das Ding ein Signal senden. Und ihr Instinkt riet ihr, keine Spuren zu hinterlassen. Wenn Fletcher wusste, wohin sie ging, wäre sie nicht in der Lage …

Tja, verdammt nochmal, sie wusste selbst nicht, was sie da gerade tat. Ihr war nur klar, dass sie hinunter in den Keller gelangen musste, ohne dass der Butler davon erfuhr.

Sie blickte über die Schulter, entdeckte unter der Freitreppe eine Tür und ging darauf zu. Oben an der Tür befand sich ein Riegelschloss aus Messing, das sie schnell öffnete, bevor sie am Türknauf drehte.

Die Tür ließ sich problemlos öffnen.

Auf der anderen Seite befand sich eine grob behauene Treppe, die von milchigen, uralten, gelben Glühbirnen erhellt wurde. Sie warf einen Blick zurück. Niemand beachtete sie, und was noch wichtiger war, Fletcher war nirgendwo zu sehen.

Sie schlüpfte in das Treppenhaus, schloss die Türe hinter sich und stieg die Treppen hinunter. Ihre Absätze klapperten auf den Stufen, so dass es widerhallte.

Verdammt, war das laut!

Sie blieb stehen, zog ihre Pumps aus und steckte sie

in ihre Handtasche. Nachdem sie nun keinen Lärm mehr machte, ging sie noch schneller, alle ihre Instinkte in höchster Alarmbereitschaft. Himmel, die Treppe schien einfach nicht enden zu wollen. Die Wände und der Boden aus Stein erinnerten sie an eine ägyptische Pyramide, und es dauerte eine halbe Ewigkeit, bis sie den ersten Treppenabsatz erreichte. Aber das war noch lange nicht das Ende.

Als sie weiter hinabstieg, wurde es kälter, was gar nicht so schlecht war. Je kühler es wurde, desto klarer wurde ihr Kopf, bis die Kopfschmerzen schließlich ganz verschwanden und sie sich endlich wieder voller Tatkraft fühlte. Sie hatte das Gefühl, als ob sie sich auf einer Rettungsmission befand, obwohl sie nicht die leiseste Ahnung hatte, wen oder was sie da unten befreien wollte.

Schließlich mündete die Treppe in einen Gang, der aus demselben Stein erbaut war wie der Rest des Hauses. Die Deckenbeleuchtung war nicht sehr hell und durchdrang kaum die Dunkelheit.

Musste sie nun nach links oder nach rechts gehen? Links war nur ein weiterer Korridor zu sehen. Und rechts … genau dasselbe.

Geh nach rechts.

Sie ging etwa fünfzig Meter weiter, vielleicht auch fünfundsiebzig. Ihre Füße in den Strümpfen machten keinen Lärm. Die einzigen Geräusche kamen vom Stoßen ihrer Tasche gegen ihre Rippen und dem Rascheln ihrer Kleidung. Sie war kurz davor, die Hoffnung zu verlieren und umzukehren, als sie auf etwas stieß … eine große Tür. Sie sah aus wie die Tür zu einem Burgverlies, war überall mit Eisenbändern verstärkt und verfügte über ein Schloss mit einem Schieberiegel, der so dick wie ihr Oberschenkel war.

Als sie das Ding erblickte, begann sie plötzlich, unkontrolliert zu weinen.

Schluchzend näherte sie sich den starken Eichenbohlen. Ungefähr auf Augenhöhe befand sich eine Art Guckloch. Sie stellte sich auf die Zehenspitzen und sah hindurch …

»Sie sollten nicht hier unten sein.«

Sie drehte sich schnell um. Fletcher stand direkt hinter ihr, einen seiner Arme unauffällig hinter dem Rücken verborgen.

Claire wischte sich die Tränen aus den Augen. »Ich habe mich verirrt.«

»Tatsächlich?«

Beiläufig ließ sie eine Hand in ihre Schultertasche gleiten und griff mit der anderen in die Tasche ihrer Kostümjacke.

»Warum sind sie hier heruntergekommen?« fragte der Butler und trat einen Schritt näher.

»Ich habe mich nicht wohlgefühlt. Als ich die Tür unterhalb der Treppe fand, wollte ich nur noch weg von den vielen Leuten, und deshalb bin ich hierhergegangen.«

»Warum haben Sie nicht den Garten aufgesucht?«

»Dort waren auch Leute. Zu viele.«

Natürlich kaufte er ihr das nicht ab, aber Claire war das egal. Er musste nur noch ein kleines bisschen näher kommen.

»Warum sind Sie nicht in einen der Salons gegangen?«

Als er in Reichweite kam, zog sie schnell einen ihrer Pumps aus der Tasche und ließ ihn nach links über den Steinboden schlittern. Fletcher drehte sich zu dem Geräusch um. Schnell nahm Claire das Tränengasspray heraus, das an ihrem Schlüsselring hing, und hielt es auf Höhe seiner Augen vor sich. Als er sich wieder zu ihr umdrehte und die Injektionsspritze hob, die er in seiner Hand versteckt gehalten hatte, traf ihn das Tränengas direkt ins Gesicht.

Heulend ließ er die Spritze fallen, die er ihr hatte verpassen wollen, bedeckte die Augen mit den Händen und wankte rückwärts, bis er auf der anderen Seite gegen die Wand stieß.

Natürlich war Tränengas in New York verboten. Aber Gott sei Dank war das ein Verbot, das sie schon seit mehr als zehn Jahren missachtete.

In Windeseile schnappte sich Claire die Spritze, stach damit in den Oberarm des Butlers und drückte dann den Kolben bis zum Anschlag hinunter. Fletcher stieß einen Schrei aus und sackte auf dem Steinboden zusammen.

Sie wusste nicht, ob er tot oder nur betäubt war. Daher hatte sie keine Ahnung, wie viel Zeit ihr bleiben würde. Sie rannte zu der versperrten Tür des Verlieses und brach sich beim Versuch, den Türriegel zur Seite zu schieben, zwei Fingernägel ab.

Die Eile machte sie rasend und verlieh ihr die Kraft, den gewaltig schweren Eisenriegel anzuheben und zurückzuschieben. Als sie die Tür aufgesperrt hatte, griff sie nach der Klinke, drückte sie nach unten und setzte ihre ganze Körperkraft ein, um die Türe aufzuziehen.

Kerzenlicht. Bücher. Ein dunkler, angenehmer Geruch …

Ihr Blick schoss durch den Raum. Zu einem Mann, der sich ungläubig staunend von einem Schreibtisch erhob, der voll war mit … Zeichnungen von ihr.

In Claires Kopf drehte sich alles, und ein stechender Schmerz raubte ihr die Sicht. Ihre Knie gaben nach, und sie sackte auf dem harten Steinboden zusammen.

Sofort umfingen sie zwei starke Arme, hoben sie hoch und trugen sie hinüber zu … einem Bett mit einer Samtdecke und Kissen, die so weich waren wie die Schwingen einer Taube.

Sie blickte den Mann an, und Tränen liefen über ihre Wangen, als sie sein Gesicht berührte. Oh Gott, sein schönes Gesicht war das Gesicht ihres Liebhabers aus dem Traum. Der Mann, der sie nachts nicht hatte schlafen lassen und den sie tagsüber beweint hatte.

»Wie bist du zurückgekommen?«, fragte er.

»Wer sind Sie?«

Er lächelte. »Mein Name ist Michael.«

Der Schmerz in ihren Schläfen ließ plötzlich nach … und dann kamen die Erinnerungen zurück, in einer schnellen Abfolge von Bildern und Gefühlen, Gerüchen und Geschmackserlebnissen … alle von Michael und ihr, zusammen in diesem Raum.

Claire klammerte sich an ihn und vergrub ihr Gesicht in seinem Haar. Sie schluchzte, weil sie es beinahe nicht geschafft hätte. Weil sie vielleicht niemals zurückgekommen wäre, wenn Ms Leeds jetzt nicht gestorben wäre, da sie sich ja entschlossen hatte, die Firma zu verlassen.

Und dann wurde sie wütend und stieß ihn zurück.

»Warum zum Teufel hast du das gemacht? Warum hast du mich gehen lassen?« Sie trommelte gegen seine Brust. »Du hast mich gehen lassen!«

»Es tut mir leid, mein Liebling …«

»Nenn mich nicht ›mein Liebling‹!« Sie wollte schon ihre Tirade fortsetzen, als ihr bewusstwurde, dass sie den Butler vielleicht nur vorübergehend außer Gefecht gesetzt hatte. Sie hatte keine Ahnung, was die Spritze enthalten hatte – und außerdem hatte der Bastard auch noch diese unheimliche Kraft.

Claire drückte Michael fest an sich und zwang sich dazu, sich zu beruhigen. »Hm … okay … verschieben wir diesen Streit auf später. Jetzt musst du erst einmal mit mir kommen.«

Aber wie sollte sie ihn aus dem Haus bekommen? Und wie zum Teufel sollte es ihr gelingen, aufzustehen und sich zu bewegen? Die Kopfschmerzen waren verschwunden, aber ihr war schwindlig …

Heilige Scheiße! Sie war *wirklich* schwanger.

Claire blickte Michael an. »Ich liebe dich.«

Sein Gesicht verwandelte sich, als die Spannung aus ihm wich und seine tiefe und starke Liebe zu ihr sein schönes Gesicht hell erstrahlen ließ. So hell, dass sein engelhafter Anblick sie beinahe blendete. »Ich bin deiner Liebe nicht würdig, aber unendlich dankbar …«

»Um Himmels willen, hör endlich mit diesem verdammten Gerede von wegen ›ich bin nicht würdig‹ auf. Und jetzt hilf mir von diesem Bett herunter.« Sie schwankte ein bisschen, als sie aufstand. Dann blickte sie auf die Fessel an seinem Fußgelenk. »Du musst dieses Ding loswerden.«

Michael trat einen Schritt zurück und schüttelte den Kopf. »Ich kann nicht von hier fortgehen. Ich kann hier nicht weg. Sie werden es nicht zulassen. Fletcher und Mutter …«

»Deine Mutter ist tot«, sagte sie so mitfühlend wie möglich – obwohl sie die Frau am liebsten noch einmal ausgegraben und selbst umgebracht hätte.

Michael wurde blass. Er blinzelte mehrmals hintereinander.

»Und Fletcher liegt draußen im Gang auf dem Boden.« Als er nichts sagte, nahm sie seine Hand. »Michael, ich würde dir gerne helfen, mit deinen Gefühlen fertigzuwerden, aber im Moment fehlt uns die Zeit dazu. Wir müssen dich hier herausbringen. Du musst dich jetzt darauf konzentrieren.«

»Wo … soll ich denn hingehen?«

»Du kommst mit mir und wirst bei mir leben. Falls du das möchtest. Und selbst wenn du das nicht willst, wirst du frei sein. Du kannst tun und lassen, was du dir wünschst.«

Seine Augen wanderten durch den Raum und verharrten auf dem Bett und den Büchern.

Sie befürchtete, er würde sich entscheiden, zu bleiben, als Ergebnis der jahrzehntelangen Isolation. Sie musste ihn irgendwie wachrütteln …

Sie nahm seine Hand und legte sie auf ihren Bauch. »Michael, während ich hier bei dir war, haben wir etwas zusammen erschaffen. Ein Baby. Ich trage dein Kind. Hier in meinem Bauch. Ich möchte, dass du mit mir kommst. Mit … uns.«

Er wurde leichenblass. Und dann …

Die Änderung, die sich nun an ihm vollzog, hätte

sie geängstigt, wenn sie nicht so bedingungslos darauf vertraut hätte, dass er ihr niemals wehtun würde. Er schien zu wachsen, obwohl sein Körper sich nicht veränderte, seine Augen wurden schmal, sein Gesicht eine Maske männlicher Autorität … und wilder Aggression.

»Mein Baby? Mein Kind?«

Sie nickte, obwohl sie sich mittlerweile nicht mehr sicher war, ob sie es ihm hätte erzählen sollen …

Er umarmte sie und zog sie so eng an sich, dass ihre Knie nachgaben. Er vergrub seinen Kopf in ihrem Haar, und seine Stimme wurde zu einem leisen Knurren.

»Mein«, sagte er. »Du bist *mein*. Für immer.«

Claire lächelte. Ihre Sorge, dass er nicht mit ihr zusammenleben wollte, war somit vom Tisch. »Gut. Ich schätze, damit sind wir nun verlobt. Aber jetzt los. Wir müssen hier weg.«

»Geht es dir gut? Sag mir zuerst, dass es dir gutgeht!«

»Ja, soweit ich weiß schon. Ich habe es gerade erst erfahren.«

»Bist du sicher?«

»Ja, ich kann weiterhin alles machen. Ich bin jung und gesund.« Sie legte ihre Hand an seine Wange. »Wir müssen gehen. Wir müssen jetzt *wirklich* gehen.«

Michael nickte und gab sie frei. Er ging ganz ruhig hinüber zur Wand, in der die Kette an seinem Fußgelenk verankert war, und zog das verdammte Ding mit einem heftigen Ruck heraus. Dabei brach ein ganzer Brocken Mauerwerk mit heraus, den er schwungvoll gegen die Wand krachen ließ, so dass er zerbrach und die Kette schließlich ganz freigab. Dann kam er zu ihr zurück, als ob er gar nichts getan hätte.

»Herr im Himmel! Warum hast du das nicht schon früher gemacht?«

»Ich wusste doch nicht, wohin ich gehen sollte.« Er warf einen letzten Blick auf seine Bücher. Dann schlang er die Kette um seinen Arm und legte ihr galant den anderen Arm um die Schultern. »Lass uns gehen.«

Sie traten zusammen durch die Tür. Fletcher lag immer noch auf dem Steinboden, aber seine Augen waren geöffnet und er blinzelte langsam.

»Verflucht«, sagte sie, als Michael den Butler ansah. Sie überlegte kurz und murmelte schließlich: »Lassen wir ihn einfach hier liegen.«

Wenn man bedachte, dass der Mann ungefähr fünfzig Frauen entführt und den Sohn seiner Arbeitgeberin ein halbes Jahrhundert lang unrechtmäßig gefangen gehalten hatte, war es unwahrscheinlich, dass er versuchen würde, sie rechtlich zu belangen. Und von Michael zu verlangen, dass er den Kerl tötete, war zu entsetzlich, um überhaupt daran zu denken. Wahrscheinlich weil Michael es tun würde, wenn sie ihn darum bitten würde.

Sie zog Michael am Ärmel. »Komm jetzt. Bloß weg hier …« Die Trauerfeier oben im Haus war noch ein Problem. »Verdammt, da oben befinden sich an die hundert Leute. Wie können wir …«

Michael richtete sich gerade auf. »Ich kenne einen Weg hinaus. Aus der Zeit, als ich noch ein Junge war. Hier entlang.«

Sie waren erst einige Meter gegangen, als sie wieder herumwirbelte. Die Spritze. Ihre Fingerabdrücke befanden sich auf der Injektionsspritze. Für den unwahrscheinlichen Fall, dass Fletcher sie doch noch anzeigen sollte, hätte er es ohne diese Art von Beweisstück viel schwieriger. Und ihr Schuh. Sie musste auch noch ihren Schuh holen.

Nur keine Spuren hinterlassen.

»Warte!« Sie lief zurück und suchte nach der Spritze. Sie steckte immer noch im Arm des Butlers. Er sah zu ihr auf, als sie die Spritze herauszog und in ihre Handtasche fallen ließ. Er bewegte den Mund, klappte ihn auf und zu wie ein Fisch sein Maul.

Nachdem sie ihren Schuh aufgehoben hatte, ging sie zu Michael zurück. Ihre Beine fühlten sich an wie Gummi.

»Du bist geschwächt«, sagte er stirnrunzelnd.

»Nein, es geht mir gut …«

Er nahm sie auf die Arme und ging dann doppelt so schnell wie sie es gekonnt hätte. Seine riesigen Schritte fraßen die Strecke der Kellergänge geradezu auf. Er bewegte sich rasch und entschieden, was sie ein wenig erstaunte und daran erinnerte, dass er trotz seiner Gutmütigkeit ein starker Mann war – ein Mann, der seine geliebte Frau in den Armen hielt. Und Himmel, er besaß solche Kraft! Er trug ihr volles Gewicht zusätzlich zum Gewicht der Kette, und beides schien ihn nicht im Geringsten langsamer zu machen.

Als sie am anderen Ende des Kellergangs zu einer massiven Tür kamen, versuchte er zuerst, sie durch Herabdrücken der Türklinke zu öffnen. Als sich die

Klinke jedoch nicht rührte, ging er zwei Schritte zurück und trat mit dem flachen Fuß gegen die Tür, die krachend zerbarst.

»Oh, wow!«, rief Claire. »Du lässt den Terminator ja wie einen Zweijährigen aussehen.«

»Was ist der Terminator?«

»Später.«

Draußen blies ihnen die kühle Abendluft entgegen, und Michael zögerte mit weit aufgerissenen Augen. Sein Atem kam plötzlich in kurzen Stößen, als ob er eine Panikattacke hätte.

»Setz mich bitte ab«, sagte sie leise. Er brauchte sicher eine kurze Pause, um sich zu orientieren.

Michael gab sie vorsichtig frei und betrachtete den Himmel, die Bäume und den riesigen Landschaftsgarten des Anwesens. Dann blickte er zu dem Monstrum aus Stein empor, in dem er so lange Zeit eingeschlossen gewesen war. Sie konnte sich gut vorstellen, wie verloren er sich fühlen musste. Wie die Flut seiner Gefühle über ihn hereinbrechen und in welchen Zwiespalt ihn die Flucht aus der klaustrophobischen Enge seiner Zelle stürzen musste. Aber sie hatten keine Zeit, dass er sich an die neue Situation gewöhnen konnte.

»Michael, mein Wagen steht am Ende der Auffahrt. Vor dem Haus.«

»Ich kann es«, flüsterte er.

»Ja, du kannst es.«

Sie nahm seine Hand, die sich klamm anfühlte, und zog ihn mit sich. Ohne zu zögern, nahm er die Kette hoch und führte Claire seitlich um das große Gebäude herum zur Vorderseite.

Ihr Auto stand noch dort, wo sie es zurückgelassen hatte. Sie eilten über den Rasen und blieben dabei möglichst in der Nähe einer Hecke, die ihnen etwas Sichtschutz bot. Das Gras fühlte sich unter ihren Füßen feucht und federnd an, und ihre Lunge sog gierig die klare Herbstluft ein.

Bitte, lieber Gott, lass uns unbeschadet entkommen.

Als sie in Reichweite des Mercedes gelangten, drückte Claire auf die Fernbedienung, und die Leuchten des Wagens blinkten auf.

»Was ist das denn für ein Wagen?«, fragte Michael verblüfft. »Er sieht wie ein Raumschiff aus.« Dann warf er einen Blick auf die anderen Autos. »Sie alle sehen aus wie …«

Nun war jedoch *absolut nicht* der richtige Zeitpunkt, um über die neuesten Automodelle zu diskutieren. »Steig ein.«

»Ma'am?«

Claire sah auf. Der Junge vom Parkdienst, den sie heute schon einmal getroffen hatte, kam die Auffahrt herunter. Er schien verwirrt zu sein, weil er sich nicht erklären konnte, wo sie so plötzlich herkam. Oder vielleicht war er überrascht, sie mit einem riesigen Typen in einem roten Morgenrock anzutreffen, der eine lange Metallkette um den Arm gewickelt hatte.

»Wir fahren gerade weg«, meinte sie mit einem Winken und zischte Michael zu: »Steig in den verdammten Wagen.«

Der Bursche rieb sich über seine Stoppelfrisur. »Äh …«

»Danke für Ihre Hilfe«, sagte sie – obwohl er ihr ja gar nicht geholfen hatte.

Sie war mehr als erleichtert, als sie den Motor startete und den Wagen aus der Parklücke manövrierte. Ausgerechnet jetzt tauchte ein anderer Mercedes direkt hinter ihr auf und verhinderte, dass sie die wenigen Meter bis zur Straße im Rückwärtsgang zurücklegen und dann direkt auf die Straße abbiegen konnte. Es blieb ihr daher nichts anderes übrig, als die kreisförmige Auffahrt bis vor das Haus hochzufahren, wo die ganzen Parkdienstleute warteten und Gäste herumstanden. *Verdammt!*

»Nimm deinen Kopf nach unten«, befahl sie Michael, als sie sich dem Eingang näherten.

Bitte, oh bitte, oh bitte …

Gerade als sie vor dem Haus ankamen, trat ein älteres Paar vor, um in einen Wagen einzusteigen. Mit dem Mercedes im Rücken und dem Cadillac vor ihnen waren sie praktisch gefangen.

Claire brach zwischen den Brüsten und unter den Achseln der Schweiß aus, und sie umklammerte fest das Lenkrad.

Die Vordertür ging auf. Claire war schon darauf gefasst, den schwankenden Butler heraustreten zu sehen.

Aber es war nur ein weiteres älteres Paar, das mit dem Parkschein in der Hand auf einen Burschen vom Parkdienst zuging.

Claire blickte wieder zum Wagen vor ihr. Der Mann saß bereits hinter dem Steuer, aber die Frau unterhielt sich noch mit dem Burschen, der ihr die Tür aufhielt. *Beeil dich, du alte Schachtel!*

Aber natürlich tat die alte Lady das nicht. Als sie endlich einstieg, fummelte sie noch ewig an ihrem

Rock herum, fuhr dann ihren Ehemann an, und wandte sich schließlich noch einmal dem Burschen zu.

Eine Million Lichtjahre später leuchteten dann endlich doch noch die Bremslichter des Cadillac auf, und die Limousine fuhr langsam los.

Mit rasendem Herzschlag, schweißnassen Händen und stockendem Atem betete Claire zu Gott, dass er sie heil davonkommen ließ.

Und dann war es endlich so weit.

Der Cadillac fuhr den Hügel hinunter. Und sie hinterher. Dann bog Claire hinter dem Paar auf die Hauptstraße ein und bewegte sich langsam, aber sicher vom Leeds-Anwesen fort.

Sobald das Überholverbot aufgehoben wurde, trat sie das Gaspedal durch und ließ den Cadillac weit hinter sich.

Die Augen auf die Straße gerichtet, wühlte sie in ihrer Handtasche. Sie brauchte ihr Handy. Da war es. Sie zog es heraus und drückte die Schnellwahltaste. Als es klingelte, warf sie einen Blick auf Michael. Er saß ganz steif auf dem Beifahrersitz und hielt sich auf der einen Seite an der Tür und auf der anderen Seite an der Armlehne fest. Die Beine hatte er unter das Handschuhfach gezwängt. Er war kreidebleich und rollte mit den Augen.

»Leg deinen Sicherheitsgurt an«, sagte sie. »Er befindet sich rechts von dir. Zieh ihn quer über die Brust nach unten, wie ich es mit meinem getan habe.«

Er fand den Gurt und schnallte sich an. Dann starrte er wieder vor sich hin wie ein aufgeschrecktes Kaninchen – so als mache er sich darauf gefasst, dass sie jeden Moment im Straßengraben landen würden, was natürlich nicht geschah.

Ihr dämmerte allmählich, dass er vermutlich noch nie zuvor in einem Auto gesessen hatte.

»Michael, ich kann leider nicht langsamer fahren. Ich …«

»Kein Problem.«

»Wir werden …« Ihr Anruf wurde endlich entgegengenommen. Erleichtert hörte sie die Männerstimme am anderen Ende der Leitung »Hallo?« sagen.

»Mick? Gott sei Dank! Hör mal, ich bin unterwegs zu dir und brauche deine Hilfe. Du musst mir ein paar Gefallen tun. Und zwar große, für die ich mich wahrscheinlich nie revanchieren – danke. Oh Gott, Tausend Dank! In etwa einer Stunde. Und ich habe jemanden bei mir.« Sie legte auf und blickte zum Beifahrersitz hinüber. »Jetzt wird alles gut. Wir fahren zum Haus eines Freundes in Greenwich, Connecticut. Dort können wir bleiben. Er wird uns helfen. Es wird alles gut werden.«

Zumindest hoffte sie es. Sie nahm an, dass der Butler sie nicht rechtlich verfolgen würde. Aber als sie durch die Nacht fuhr, wurde ihr bewusst, dass es andere Wege gab, jemanden aufzuspüren. Wege, die das menschliche Rechtssystem außer Acht ließen. Verdammte Scheiße! Sie hatte keine Ahnung, welche Ressourcen Fletcher zur Verfügung standen. Und wenn sie daran dachte, wie lange er seinen geheimen Aktivitäten nachgegangen war, dann war er vermutlich kein Idiot.

Sicher hatte er sich ihr Autokennzeichen notiert. Und er wusste natürlich, wo sie wohnte. Denn … oh

Gott, sie war nach den drei Tagen mit Michael zu Hause in ihrem Bett aufgewacht. Fletcher hatte sie irgendwie dort hingebracht.

Vielleicht hatte er auch ein paar schmutzige Psychotricks auf Lager.

Vielleicht hätten sie ihn wirklich töten sollen.

7

Als eine Stunde später Mick Rhodes' Domizil, ein altes Herrenhaus, in Sicht kam, überlegte Claire, ob sie keinen Fehler beging, indem sie ihren Freund in die Sache mit hineinzog.

Schließlich bog sie in die Auffahrt zu Micks Haus ein – mit einem Vampir, der sich auf der Flucht befand und einen schlimmen Anfall von Agoraphobie hatte. Und dem dazu noch vom Autofahren übel war.

Als sie den Mercedes parkte, sah Michael um die Nase leicht grün aus. »Jetzt sind wir in Sicherheit.«

Er holte tief Luft. »Und wir fahren nicht mehr. Das ist gut.«

Die Beleuchtung vor dem Haus ging an, und Mick trat auf die Veranda.

Claire öffnete ihre Tür und stieg aus, Michael ebenfalls. »Mick ist ein alter Freund. Ihm können wir vertrauen.«

Michael sog schnüffelnd die Luft ein. »Und er war einmal dein Liebhaber, nicht wahr?«, fragte er leise. »Er erinnert sich an dich mit einem gewissen … Verlangen.«

Himmel! »Das ist schon lange Zeit her.«

»Aha.« Angst und Übelkeit waren plötzlich verflogen. Michael war todernst. Und er starrte Mick an, als ob dieser sein Feind sei.

Vampire verhielten sich in Bezug auf ihre Partner offensichtlich ziemlich besitzergreifend.

Mick hob grüßend die Hand und rief: »Schön, dass ihr es geschafft habt. Und wer ist dein Freund hier?«

»Er wird uns helfen, Michael«, sagte sie, ging auf ihn zu und ergriff seine Hand. »Komm jetzt.«

Michael richtete seinen Blick auf sie. »Wenn er dich auf unangebrachte Weise berührt, werde ich ihn beißen. Nur, damit das klar ist.« Michael blickte hinüber zu Mick. »Ich bin kein Tier und werde mich auch nicht so benehmen. Aber du gehörst mir, und er tut besser daran, das zu respektieren.«

Vampire waren in Bezug auf ihre Partner offensichtlich *extrem* besitzergreifend.

»Das wird er. Ich schwöre es.«

Mick bewegte sich ungeduldig. »Kommt ihr nun endlich oder geht ihr wieder?«

»Wir kommen«, murmelte sie und ging auf das Haus zu. Als sie zum Haus kamen, sagte sie: »Das ist Michael.«

»Schön, dich kennenzulernen, Michael.«

Michael blickte kurz auf die Hand, die ihm gereicht wurde. Als er sich leicht verneigte, anstatt ebenfalls die Hand auszustrecken, überlegte sie, ob er sich vielleicht selbst nicht genug traute, um Mick zu berühren, nicht einmal auf höfliche Weise. »Sehr erfreut. Wie geht es Ihnen?«, sagte er.

»Gut, danke.« Mick steckte seine Hand mit einem Schulterzucken wieder in die Hosentasche, und dann runzelte er die Stirn. »Ketten ... sind das Ketten an deinem Arm?«

Claire holte tief Luft. »Ich habe dir ja gesagt, du musst mir ein paar große Gefallen tun.«

Er zögerte einen Moment. Dann schüttelte Mick den Kopf und wies auf die geöffnete Tür. »Kommt herein, ihr beiden. Wie wäre es, wenn wir dich zuerst von deiner Kette befreien, mein Freund? Es sei denn, du trägst sie absichtlich als modisches Accessoire. Falls nicht, habe ich eine Metallsäge in meiner Werkstatt.«

Er warf Claire einen Blick zu. »Und du könntest mir verdammt nochmal endlich erzählen, was hier los ist.«

Eine Stunde später saßen sie zusammen in der Bibliothek. Claire trank Kaffee und blickte über den Rand ihrer Tasse zu Michael, der endlich die Kette los war und wieder fast er selbst zu sein schien, nachdem die durch die Autofahrt verursachte Übelkeit verschwunden war.

Mit seinem Morgenrock passt er perfekt hierher, dachte sie sich. In der formellen, antiken Atmosphäre der Bibliothek erschien es, als ob er geradewegs einem viktorianischen Roman entstiegen wäre – vielleicht genau aus jenem, den er gerade in der Hand hielt. Liebevoll begutachtete er sämtliche Bücher in Micks Bibliothek, musterte die Buchrücken, nahm einzelne Bände heraus und blätterte in ihnen.

»Wo hast du ihn gefunden?«, fragte Mick sie leise von hinten.

»Das ist eine lange Geschichte.«

»Er ist … außergewöhnlich, nicht wahr?«

Himmel, du hast ja keine Ahnung! Sie nahm einen weiteren Schluck aus ihrer Tasse.

»Michael ist anders als jeder Mann, den ich bisher getroffen habe.«

»Und er ist der Grund, warum du die Firma verlässt.« Als sie keine Antwort gab, murmelte ihr Freund: »Und was willst du nun von mir?«

»Zuerst einmal einen Platz zum Übernachten.« Sie starrte in ihre Tasse. »Und ich möchte ihm eine neue Identität kaufen. Mit Geburtsurkunde, Sozialversicherungsnummer, Bonitätsgeschichte, Steuerakte und Führerschein. Ich weiß, du kennst Leute, die sich darum kümmern können. Und Mick, was ich für mein Geld bekomme, muss absolut wasserdicht sein. Es muss auch vor Gericht standhalten. Denn es kann sein, dass wir dort landen werden.«

Was sicher nicht lustig wäre.

»Scheiße … was ist denn das für ein Schlamassel, in dem du da steckst?«

»Gar kein Schlamassel.« Es war weitaus schlimmer als ein Schlamassel.

»Lügnerin. Du tauchst hier auf mit einem Typ in eisernen Ketten … der wie ein Mann aus einer anderen Zeit spricht und so aussieht, als würde er mich mit Freuden bei lebendigem Leib verspeisen … dessen Haare bis zum Hintern reichen, und der einen roten Morgenrock à la Hugh Hefner trägt. Und dann riecht er noch wie … hm, er riecht wirklich sehr gut. Was ist das denn für ein After Shave? Das hätte ich auch gerne.«

»Das kann man nicht kaufen. Und Mick, offen

gesagt, je weniger du weißt, desto besser für dich.« Denn sie war gerade im Begriff, in die Wirtschaftskriminalität einzusteigen. »Ich würde übrigens auch gerne deinen Computer benutzen. Oh, und wir müssen im Keller schlafen.«

Michael drehte sich um und blickte sie finster an, weil sie und Mick so nahe beieinanderstanden. Dann kam er herüber und legte ihr die Hand auf die Schulter. Mick war so schlau, einen Schritt zurückzutreten.

»Und, wirst du uns helfen?«, fragte sie Mick.

Mick rieb sich über das Gesicht. »Lass mich die Identität für dich kaufen. Der Mann, den ich kenne, ist ziemlich empfindlich, und er wird nur von mir Geld annehmen. Du kannst mir das Geld dann später zurückgeben. Und meinst du das ernst? Du willst in meinem Keller schlafen? Also, ich habe hier sechs leere Gästezimmer, und das ist ein altes Haus. Es ist nicht sehr angenehm da unten.«

»Nein, der Keller ist besser.«

»Nein, wir werden in einem ordentlichen Bett schlafen«, mischte sich Michael ein. »Wir bleiben hier oben.«

Sie blickte über die Schulter. »Aber …«

Er drückte sanft ihre Schulter. »Ich lasse nicht zu, dass du in einer Unterkunft schläfst, die für eine Lady ungeeignet ist.«

»Michael …«

»Wenn Sie uns nun unser Zimmer zeigen könnten, mein Herr?« Okay, wenn Michael etwas entschieden hatte, blieb er offensichtlich dabei.

Mick runzelte die Stirn. »Ah … ja. Na klar, mein Freund …«

Michael wandte sich plötzlich einem der Fenster zu. Und er knurrte förmlich.

»Bleibt im Haus«, sagte er. Und dann löste er sich in Luft auf.

Mick fluchte laut, aber Claire hatte keine Zeit, sich um ihren Freund Gedanken zu machen. Sie rannte zum Fenster und beobachtete, wie Michael auf dem Rasen neben dem Haus im Mondlicht wieder Gestalt annahm.

Der Butler war zurück. Fletcher stand da wie ein Wesen aus einem Alptraum und leuchtete wie ein Geist, obwohl er feste Form angenommen hatte.

Ihr erster Gedanke war, dass er vielleicht einen GPS-Sender an ihrem Wagen angebracht hatte. Das war die einzige Erklärung, die ihr einfiel, wie er sie gefunden haben konnte. Aber dann wurde ihr klar, dass er gar kein Mensch war. So wusste wohl nur Gott allein, was für Tricks er auf Lager hatte.

»Wer ist das?«, fragte Mick hinter ihr. »Oder … Himmel, Claire, sollte die Frage eher lauten *was?*«

Was als Nächstes geschah, war grauenhaft und schrecklich, aber unvermeidlich. Michael und der Butler stellten sich zum Duell auf und kämpften bis zum Tod.

Fletchers Tod.

Claire konnte nicht zusehen, aber Mick tat es, und sie beobachtete sein Gesicht, während er das Blutbad verfolgte.

»Ist Michael …«

»Er macht …« Mick zuckte zusammen. »Tja, von dem anderen Kerl wird wohl nicht viel übrig bleiben, was man beerdigen könnte.«

Sie wusste, dass es vorbei war, als Mick tief Luft holte und sich über das Gesicht rieb. »Bleib hier. Ich gehe ihm helfen … deinem Freund?«

»Ja«, sagte sie. »Er gehört zu mir.«

Mick ging um die Ecke zum Vordereingang, und sie hörte die Männer auf der anderen Seite der Tür leise miteinander sprechen.

»Claire?«, rief Michael, ohne den Raum zu betreten. »Es geht mir gut, aber ich muss mich zunächst säubern, in Ordnung?«

Das war eigentlich keine Frage, obwohl es so geklungen hatte. Sie wusste, er kam nicht herein, weil er nicht wollte, dass sie ihn so sah. Ach verdammt!

Sie ging durch die Bibliothek hindurch und dann …

Okay, das war eine ganze Menge Blut. Aber es schien nicht seines zu sein, denn es war an seinen Händen und an seinem … Mund. Als ob er Fletcher gebissen hätte. Und das mehrmals.

»Oh Gott!«

Aber dann blickte sie ihm in die Augen. Er sah grimmig, ernst und entschlossen aus. Als ob er getan hätte, was er tun musste, und basta! Aber da waren auch Schatten in seinen Augen, als ob er befürchtete, sie hielte ihn für ein Monster.

Sie riss sich zusammen und ging zu ihm. »Ich helfe dir, dich zu waschen.«

Nachdem sie Michael gebadet hatte, besorgte sie ihm etwas zum Anziehen, was als ziemliche Lachnummer endete. Obwohl Mick ein großer Kerl war, war das Einzige, was Michael auch nur im Entferntesten passte, eine Pyjamahose aus Flanell und ein Hemd mit durchgehender Knopfleiste – und selbst diese Kleidungsstücke waren sehr eng und vor allem zu kurz.

Aber er sah trotz allem gut aus mit seinem feuchten Haar, das beim Trocknen an den Spitzen Locken bildete und in tiefen Rot- und Schwarztönen glänzte.

Mick führte sie in ein hübsches Schlafzimmer, das glücklicherweise nur über zwei Fenster mit dicken Vorhängen verfügte. Diese würden hoffentlich als Schutz vor dem Sonnenlicht ausreichen.

Mick zog selbst die gefütterten Vorhänge vor die Fenster.

»Wenn ihr etwas braucht, wisst ihr, wo ich schlafe«, sagte er. An der Tür zögerte er kurz, aber dann machte er sie hinter sich zu.

Claire holte tief Luft. »Michael …«

Er fiel ihr ins Wort. »Du hast gesagt, dass du während der Schwangerschaft alles tun kannst, richtig?«

Als sie nickte, blickte er das Bett an, als ob er sich vorstellte, wie sie es benutzten. »Sogar …«

Sie musste lächeln. »Ja, sogar das. Aber zuerst müssen wir reden …«

In Sekundenschnelle stürzte er sich auf sie, drückte ihren Rücken gegen die Tür und umfasste ihre Taille.

»Nein«, knurrte er. »Zuerst nehme ich dich.«

Seine Lippen senkten sich fest auf die ihren, seine Zunge eroberte ihren Mund, und dann hörte sie das Geräusch von reißendem Stoff – er hatte ihre Bluse der Länge nach aufgerissen. *Oh Gott, ja …* Er küsste sie, bis ihr aus einem anderen Grund schwindlig war als der Schwangerschaft, und irgendwann inmitten seines Ansturms hob er sie hoch und legte sie auf das

Bett. In einer einzigen koordinierten Bewegung, als ob er die verschiedenen Schritte geplant hätte, zog er seine Pyjamahose nach unten und ihren Rock hoch, biss eine Seite ihres Slips durch und dann …

War er in ihr.

Sie wölbte sich ihm entgegen und hielt sich keuchend an ihm fest. Zu Beginn war sie noch besonders eng, da sie noch nicht völlig für ihn bereit war. Aber als er mit einem festen Stoß erneut in sie eindrang, holte sie schnell auf. Er stieß heftig zu, aber dennoch mit Vorsicht, und das antike Bett knarrte unter der Wucht seiner Leidenschaft, als er sich mit ihr vereinigte.

Sein himmlischer Geruch stieg ihr in die Nase, und sie wusste, was das zu bedeuten hatte. Damit zeigte er ihr nicht nur seine Liebe, sondern er beanspruchte sie ganz für sich. Dies war eine Forderung, die nicht von einem Menschen, sondern von einem anderen Wesen kam, aber das war ihr einerlei.

Als Michael den Gipfel der Lust erreichte, lief ein heftiges Beben durch seinen Körper, und er stieß ein Gebrüll aus, das die Stille im Haus durchbrach. Es war so laut, dass ihr Gastgeber es bestimmt auch gehört hatte. Gott sei Dank war Claire gerade nicht in der Lage, klar genug zu denken, um sich peinlich berührt zu fühlen, da sie in diesem Moment selbst den Höhepunkt erreichte.

Nachdem es vorüber war, blieben sie eine Weile lang eng umschlungen liegen und versuchten gemeinsam, wieder zu Atem zu kommen.

Und dann sagte er: »Vergib mir … mein Liebling.« Er zog sich zurück und streichelte ihre Wange, während er sie zart auf die Lippen küsste. »Ich fürchte, ich bin ziemlich … besitzergreifend, wenn es um dich geht.«

Sie lachte. »Du kannst so besitzergreifend sein, wie du möchtest. An dir mag ich das.«

»Claire … was tun wir in Bezug auf die Zukunft?«

»Ich habe alles schon ganz genau geplant. Ich bin eine sehr gute Strategin.« Sie ließ ihre Finger durch sein langes, volles Haar gleiten, so dass sich die roten und schwarzen Strähnen um ihr Handgelenk und ihren Arm ringelten. »Ich werde es so hinbiegen, dass deine Mutter dir alles hinterlässt.«

»Bitte? Wie denn?«

»Als sie noch am Leben war, habe ich ihr Testament etwa alle vier Monate neu aufgesetzt. Und das werde ich morgen früh unten in Micks Arbeitszimmer noch ein letztes Mal tun.«

Zwar verletzte sie damit den Ethik-Kodex ihres Berufsstands, auf den sie geschworen hatte, als sie ihren Eid als Anwältin abgelegt hatte. Und sie konnte dafür ihre Zulassung als Anwältin verlieren. Außerdem verstieß sie damit gegen ihre persönlichen Spielregeln. Aber hier war großes Unrecht begangen worden, scheinbar ohne jede Reue, und manchmal musste man eben seine Hände schmutzig machen, um ein solches Unrecht wieder gut zu machen. Außerdem war aus der Familie Leeds nun niemand mehr übrig. Es gab keine Erben, die das Testament hätten anfechten können. Und die wohltätigen Einrichtungen würden im Testament unverändert bleiben und nach wie vor viele Millionen erhalten.

Die Täuschung, die sie begehen würde, war das einzig Richtige.

Und die Tatsache, dass Fletcher tot war, machte alles noch einfacher.

»Sie ist es dir schuldig«, sagte Claire. »Deine Mutter … deine Mutter muss sich endlich richtig um ihren Sohn kümmern, und ich werde dafür sorgen, dass sie es auch tut.«

»Du bist meine Heldin.« Die Liebe, die in Michaels Augen zu sehen war, war ein Segen, der ihr noch nie zuvor zuteil geworden war.

»Und du bist meine Sonne«, antwortete sie darauf.

Als sie sich erneut küssten, spürte sie auf seltsame Weise, dass sich alles zum Guten wenden würde, auch wenn nichts davon einen Sinn ergab: eine menschliche Frau, die nie daran gedacht hatte, zu heiraten und eine Familie zu gründen, weil sie dafür viel zu starrsinnig war. Ein männlicher Vampir, der wild und sanftmütig zugleich war, und fünfzig Jahre lang eingesperrt in einem Kerker verbracht hatte.

Aber es war dennoch gut und richtig. Sie waren füreinander bestimmt.

Aber nur Gott allein wusste, was die Zukunft für sie bereithielt.

Epilog

Neun Jahre später …

»Papa! Ich komme dich jetzt suchen!«

Claire blickte über den mondbeschienenen Rasen des Leeds-Anwesens und beobachtete, wie ihr ältestes Kind, Gabriella, vorsichtig durch den Garten schlich. Ihr taillenlanges rot-schwarzes Haar wirkte in der Dunkelheit wie ein Schleier und hüllte alles ein, bis auf ihre fohlenhaften Beine, die für eine Achtjährige außergewöhnlich lang waren. Sie huschte schnell und leise zu der Gruppe von Obstbäumen im Garten hinter dem Haus und bewegte sich wie ihr Vater mit flüssigen und grazilen Bewegungen über das Gras, wie Vampire das wohl im Allgemeinen taten.

Michael materialisierte sich hinter seiner Tochter und rief: »Buh!«

Gabriella sprang fast dreieinhalb Meter in die Höhe, erholte sich aber schnell wieder von ihrem Schrecken, landete auf den Füßen und rannte dann kichernd ihrem Vater hinterher. Sie griff ihn an, und die beiden fielen lachend ins Gras. Dabei tanzten Glühwürmchen über ihnen, als ob sie mitlachen würden.

»Mama, ich bin fertig«, ertönte eine leise Stimme von links.

Claire streckte ihre Hand aus und spürte, wie die kleine Hand ihres Sohnes in ihre glitt. »Danke, dass du dein Zimmer aufgeräumt hast.«

»Es tut mir leid, dass es so unordentlich war.«

Sie zog Luke auf ihren Schoß. Mit seinen sechs Jahren konnte man schon erkennen, dass auch er eindeutig nach seinem Vater kam, und das nicht nur dem Aussehen nach. Luke würde ebenfalls zu dem heranwachsen, was Michael und Gabriella waren. Er hatte eine starke Abneigung gegen die Sonne, war eine richtige Nachteule, und sein Gehör und seine Sicht waren außergewöhnlich scharf. Das deutlichste Anzeichen waren jedoch seine Eckzähne, die bereits so groß waren wie die eines Erwachsenen. Das und die Tatsache, dass Luke und Michael genau gleich rochen, wie dunkle Gewürze.

Claire küsste ihren Sohn auf die Stirn. »Habe ich dir heute schon gesagt, wie lieb ich dich habe?«

Luke verbarg scheu sein Gesicht an ihrem Hals. »Ja, Mama. Beim Abendessen, als du es auch zu Papa und Gaby gesagt hast.«

»Und wann habe ich es noch gesagt?«

»Beim Mittagessen«, antwortete ihr Sohn kichernd, obwohl er eigentlich versuchte, sich das Lachen zu verkneifen.

»Und wann noch?« Sie kitzelte ihn leicht zwischen den Rippen, damit er etwas lockerer wurde.

Luke wand sich auf ihrem Schoß und gab schließlich den Kampf auf. »Beim Frühstück!«

Die beiden lachten laut, und Claire drückte ihren

schüchternen, sanftmütigen Sohn eng an sich, als Michael und Gabriella über den Rasen zu ihnen gerannt kamen.

Claire sah ihren Ehemann an und fühlte, wie eine Woge des Respekts und der Liebe sie überflutete. Er war so erstaunlich, so zuverlässig und stark auf seine ruhige Art, und kümmerte sich um sie und die Kinder mit liebevoller Güte. Er war aber auch ein feuriger Liebhaber und ein ebenso eifriger Beschützer – wie ein Einbrecher vor einigen Monaten erfahren musste.

Ihre Liebe zu ihm wuchs jeden Tag ein bisschen mehr.

»Hallo«, sagte sie zu Michael, als Gabriella Luke bei der Hand nahm und ihn mit sich zog, um ihm die frischen Knospen an den Teerosen neben der Gartenlaube zu zeigen.

»Mein Liebling«, murmelte Michael, setzte sich neben sie ins Gras und zog sie in seine Arme. »Du siehst in diesem Licht wunderschön aus.«

»Danke.«

Sie musste lächeln, als sie daran dachte, dass sie ihre Schönheit ihm zu verdanken hatte. In der Tat sah sie heute jünger aus als damals, als sie ihn getroffen hatte, und zwar nicht nur, weil sie aufgehört hatte, rund um die Uhr zu arbeiten. Die beiden hatten zufällig entdeckt, dass er es mochte, wenn sie sich von ihm nährte, und dass sein Blut eine seltsame Wirkung auf sie hatte. Es schien, als ob es ihren Alterungsprozess aufhalten würde – oder zumindest so stark verlangsamen würde, dass sie in den letzten neun Jahren überhaupt nicht gealtert war. Eher das Gegenteil war der Fall.

Darüber hinaus gab es eine ganze Reihe unbeantworteter Fragen. Michael hatte immer noch keine Ahnung, wer sein Vater war oder ob es auf der Welt noch andere Vampire gab.

Beide sorgten sich um die Zukunft ihrer Kinder – wegen ihrer Isolation auf dem Anwesen und der Tatsache, dass Kinder Freunde in ihrem eigenen Alter brauchten. Die medizinische Versorgung war ebenfalls ein Problem, denn sie konnten ihre Kinder wohl kaum zu einem menschlichen Arzt bringen.

Im Allgemeinen ging es ihnen jedoch besser als erwartet. Claire verwaltete das riesige Vermögen der Familie. Michael unterrichtete die Kinder zu Hause. Luke und Gabriella waren gesund und gediehen prächtig.

Sie führten ein gutes Leben. Ein sonderbares, aber gutes Leben.

Und es gab Neuigkeiten.

»Du weißt, dass du ein sehr guter Vater bist, nicht wahr?«, meinte Claire und strich ihrem Mann das hüftlange Haar zurück.

Michael küsste ihren Hals. »Und du bist eine sehr gute Mutter. Und eine perfekte Ehefrau. Und eine brillante Geschäftsfrau. Ich weiß nicht, wie du das alles schaffst.«

»Zeitmanagement ist eine wunderbare Sache.« Claire legte die Hand ihres Mannes auf ihren Bauch. »Und in Zukunft werde ich noch ein kleines bisschen mehr zu managen haben.«

Michael erstarrte. »Claire?«

Sie lachte. »Wir waren letzten Monat sehr fleißig, und es scheint, als ob …«

Er nahm sie fest in die Arme und zitterte dabei ein bisschen. Sie wusste, dass ihn in bestimmten Momenten die Erinnerungen an seine Gefangenschaft quälten, und unglücklicherweise war das meist dann der Fall, wenn er gute Neuigkeiten erhielt. Auch nach all diesen Jahren tat er sich immer noch mit allem schwer, was er für eine glückliche Fügung oder ein Wunder hielt. Es gab ihm anscheinend das Gefühl, als ob er gleich aufwachen würde und das neue Leben nur ein Traum sei.

»Geht es dir gut? Fühlst du dich wohl?«, fragte er und musterte sie gründlich.

»Mir geht's wunderbar. Wie immer.« Die Hausgeburten waren kein Spaziergang, aber über Mick, der anscheinend den richtigen Mann oder die richtige Frau für jedes Problem kannte, hatten sie eine Hebamme gefunden, der sie vertrauen konnten.

Michael rieb über ihren Bauch. »Du machst mich so glücklich. Und so stolz.«

»Du mich auch.«

Er küsste sie, und wie immer ließ er sich viel Zeit, bevor er sich schließlich zurückzog. Seltsamerweise fiel es ihm selbst nach all diesen Jahren immer noch schwer, seine Lippen von den ihren zu lösen.

»Wenn es ein Junge wird, würde ich ihn gerne Matthew oder Mark nennen«, sagte sie.

»Und wenn es ein Mädchen wird?«

»Was hältst du von Michaela, der weiblichen Form von Michael?« Claire grinste. »Habe ich dir eigentlich schon einmal gesagt, wie sehr ich den Namen Michael mag?«

Ihr Ehemann neigte den Kopf. Als sich ihre Lippen

berührten, meinte er leise: »Kann sein, dass du das schon einmal erwähnt hast. Ja, wenn ich mich richtig erinnere, ist das dein Lieblingsname.«

»Genau so ist es.«

Claire lächelte, als der Vampir, den sie liebte, sie lange und leidenschaftlich küsste. Und während sie die Arme um ihren Ehemann schlang, dachte sie bei sich, dass in ihrer kleinen Familie definitiv noch genug Platz für eine Michaela war.

Entdecken Sie die magische Welt von J. R. Ward …

FALLEN ANGELS

Sieben Schlachten um sieben Seelen. Die gefallenen Engel kämpfen um das Schicksal der Welt. Und ein Unentschieden ist nicht möglich …

Erster Band: **Die Ankunft**
Seit Anbeginn der Zeit herrscht Krieg zwischen den Mächten des Lichts und der Finsternis. Nun wurde Jim Heron, ein gefallener Engel, dafür auserwählt, den Kampf ein für alle Mal zu entscheiden. Sein Auftrag: Er soll die Seelen von sieben Menschen erlösen. Sein Problem: Ein weiblicher Dämon macht ihm dabei die Hölle heiß …

Zweiter Band: **Der Dämon**
Im ewigen Kampf zwischen den Mächten des Himmels und der Hölle steht eine neue Seele auf dem Spiel: Der gefallene Engel Jim Heron soll Ex-Elitesoldat Isaac Rothe vor einem heimtückischen Dämon retten, doch eine sexy Rechtsanwältin kommt ihm dabei in die Quere …

Die Bruderschaft der BLACK DAGGER

Sie sind eine der geheimnisvollsten Bruderschaften, die je gegründet wurde: die Gemeinschaft der BLACK DAGGER. Und sie schweben in tödlicher Gefahr: Denn die BLACK DAGGER sind die letzten Vampire auf Erden, und nach jahrhundertelanger Jagd sind ihnen ihre Feinde gefährlich nahe gekommen. Doch Wrath, der ruhelose, attraktive Anführer der BLACK DAGGER, weiß sich mit allen Mitteln zu wehren …

Erster Band: **Nachtjagd**
Wrath, der Anführer der BLACK DAGGER, verliebt sich in die Halbvampirin Elisabeth und begreift erst durch sie seine Verantwortung als König der Vampire.

Zweiter Band: **Blutopfer**
Bei seinem Rachefeldzug gegen die finsteren Vampirjäger der *Lesser* muss Wrath sich seinem Zorn und seiner Leidenschaft für Elisabeth stellen – die nicht nur für ihn zur Gefahr werden könnte.

Dritter Band: **Ewige Liebe**
Der Vampirkrieger Rhage ist unter den BLACK DAGGER für seinen ungezügelten Hunger bekannt: Er ist der wildeste Kämpfer – und der leidenschaftlichste Liebhaber. In beidem wird er herausgefordert …

Vierter Band: **Bruderkrieg**
Als Rhage Mary kennenlernt, weiß er sofort, dass sie die eine Frau für ihn ist. Nichts kann ihn aufhalten – doch Mary ist ein Mensch. Und sie ist todkrank …

Fünfter Band: **Mondspur**
Zsadist, der wohl mysteriöseste und gefährlichste Krieger der BLACK DAGGER, muss die schöne Vampirin Bella retten, die in die Hände der *Lesser* geraten ist.

Sechster Band: **Dunkles Erwachen**
Zsadists Rachedurst kennt keine Grenzen mehr. In seinem Zorn verfällt er zusehends dem Wahnsinn. Bella, die schöne Aristokratin, ist nun seine einzige Rettung.

Siebter Band: **Menschenkind**
Der Mensch und Ex-Cop Butch hat ausgerechnet an die Vampiraristokratin Marissa sein Herz verloren. Für sie – und aufgrund einer dunklen Prophezeiung – setzt er alles daran, selbst zum Vampir zu werden.

Achter Band: **Vampirherz**

Als Butch, der Mensch, sich im Kampf für einen Vampir opfert, bleibt er zunächst tot liegen. Die Bruderschaft der BLACK DAGGER bittet Marissa um Hilfe. Doch ist ihre Liebe stark genug, um Butch zurückzuholen?

Neunter Band: **Seelenjäger**

In diesem Band wird die Geschichte des Vampirkriegers Vishous erzählt. Seine Vergangenheit hat ihn zu einer atemberaubend schönen Ärztin geführt. Nur ist sie ein Mensch, und ihre gemeinsame Zukunft birgt ungeahnte Gefahren …

Zehnter Band: **Todesfluch**

Vishous musste Jane gehen lassen und ihr Gedächtnis löschen. Doch bevor er seine Hochzeit mit der Auserwählten Cormia vollziehen kann, wird Jane von den *Lessern* ins Visier genommen und Vishous vor eine schwere Entscheidung gestellt …

Elfter Band: **Blutlinien**

Vampirkrieger Phury hat es nach Jahrhunderten des Zölibats auf sich genommen, der Primal der Vampire zu werden. Hin- und hergerissen zwischen Pflicht und der Leidenschaft zu Bella, der Frau seines Zwillingsbruders, bringt er sich in immer größere Gefahr …

Zwölfter Band: **Vampirträume**

Während Phury noch zögert, seine Rolle als Primal zu erfüllen, lebt sich Cormia im Anwesen der Bruderschaft immer besser ein. Doch die Beziehung der beiden ist von Zweifeln und Missverständnissen geprägt, und Phury glaubt kaum daran, seiner Aufgabe gewachsen zu sein.

Dreizehnter Band: **Racheengel**

Der Symphath Rehvenge lernt in Havers Klinik die Krankenschwester und Vampirin Ehlena kennen und fühlt sich sofort zu ihr hingezogen. Doch er verheimlicht ihr seine Vergangenheit und seine Geschäfte, und Ehlena gerät dadurch in große Gefahr …

Vierzehnter Band: **Blinder König**

Die Beziehung zwischen Rehvenge und Ehlena wird jäh zerstört, denn Rehvs Geheimnis steht kurz vor der Enthüllung, was seine Todfeinde auf den Plan ruft – und die Tapferkeit Ehlenas auf die Probe stellt, da von ihr verlangt wird, ihn und seinesgleichen auszuliefern …

Fünfzehnter Band: **Vampirseele**
Der junge Vampir John Matthews ist in Leidenschaft zu der mysteriösen Xhex entbrannt, doch diese verbirgt ein Geheimnis, das die Bruderschaft der BLACK DAGGER in tödliche Gefahr bringt …

Sechzehnter Band: **Mondschwur**
Xhex wendet sich von John ab, um ihn zu schützen. Doch als der Kampf gegen das Böse ihr alles abfordert, erkennt sie, dass man dem Schicksal der Liebe nicht entkommen kann …